Elfi Sinn

Und wo bleibt mein Wunder?

Unmögliche und fantastische Geschichten -5-

Bibliografische Information der Deutschen Nationalbibliothek:
Die Deutsche Nationalbibliothek verzeichnet diese Publikation in
der Deutschen Nationalbibliografie; detaillierte bibliografische
Daten sind im Internet unter http://dnb.dnb.de abrufbar.

© 2022 Elfi Sinn
Herstellung und Verlag:
BoD – Books on Demand, Norderstedt
Titelbild mit Motiven von
©Depositphotos

ISBN:9 783 756 851 539

MIX
Papier aus verantwortungsvollen Quellen
Paper from responsible sources
FSC® C105338
FSC
www.fsc.org

Inhaltsverzeichnis

Die Legende vom kleinen Wunder

Gespannt öffnete Mara Berger das flache Paket, das gerade ein
Bote gebracht hatte und zog die Blätter eines Manuskript hervor,
das ihre Freundin Elva geschickt hatte, verbunden mit der dringen-
den Bitte ihr zu helfen. Aus Gewohnheit sah sie sich vorsichtig
um, bevor sie sich dem Entwurf widmete, aber heute war sie alleine
im Büro. Also gab es keine Gefahr, dass jemand sie beim Lesen
stören würde.

*Irgendwo und irgendwann, vor sehr langer Zeit, wachte eine junge
Göttin an einem schönen, leuchtenden Frühlingsmorgen aus ihrem
erholsamen Schlaf auf. Sie hatte wunderbare Dinge geträumt und
fühlte sich auch nach dem Erwachen noch sehr glücklich. Das traf
sich gut, denn für Glück fühlte sie sich sowieso zuständig, so wie es
ihr Name Fortuna auch zum Ausdruck brachte. Eigentlich sollte sie
nach dem Willen der alten Weisen, eher die Schicksale der Menschen lenken, aber das erschien ihr nicht so erfüllend, wie das
Glück mit vollen Händen zu verschenken.*

*Also nahm sie an diesem wundervollen Morgen, als sich der Him-
mel zartblau färbte und nur einige federleichte, weiche Wölkchen
darüber schwebten, das größte Füllhorn, das sie besaß und goss es
freigiebig über die Menschen aus. Aus einigen Blumen und Früchten, die zur Erde schwebten, wurden auf dem langen Weg zierliche
Fragmente, winzige Kristalle, glitzernde Tropfen und fruchtbare*

Körnchen, die ihren vorgesehenen Platz fanden. Das konnte auf einer besonders duftende Blume, aber auch auf einem hässliches Gestrüpp sein, eine besonders wohlschmeckende Frucht treffen oder eine, die schon lange am Baum ausharrte, weil niemand sie essen wollte. Danach waren sie alle gleich schön und begehrt. Alles was aus dem Füllhorn floss wählte nicht. Es kam zu mutigen und tapferen Menschen genauso wie zu Feiglingen, die sich vor dem Leben versteckten, es kam zu Gesunden und zu Kranken, zu Glücklichen und Unglücklichen, es kam zu Menschen und zu Tieren. Und jedes Wesen, das ein Geschenk aus dem glücklich machenden Füllhorn traf, erlebte an diesem Tag sein eigenes kleines Wunder.

„Was für eine schöne Idee", murmelte Mara und legte das Manuskript zur Seite, „aber leider nur der Beginn einer Geschichte." Obwohl ich mir genau so etwas wünsche würde! Dieser Gedanke zog ihr nicht das erste Mal durch den Kopf. Etwas, was mein Leben über Nacht total verändert. Sehnsüchtig sah sie wieder zu den Seiten. „Und das hätte ich auch verdient, schließlich warte ich schon sehr lange auf mein persönliches Wunder", murmelte sie leise, obwohl sie keiner hören konnte.

Sie schob eine Strähne ihrer hellblonden Haare, die sich aus dem Nackenknoten gelöst hatte, wieder in die strenge Frisur und stöhnte über sich selbst. Ihre Freundin Elva schrieb oft solche poetischen Geschichten, die zwar immer in irgendeiner Fantasiewelt spielten, aber drängende reale Bezüge hatten und sie immer über sich selber nachdenken ließen.

Trotzdem las sie die Geschichten gerne und wünschte sich, irgendwann und völlig überraschend in einer solchen Parallelwelt aufzuwachen, die sie sich immer in den schönsten Farben vorstellte, so wie heute. Schon als sie die ersten Sätze gelesen hatte, begann diese Welt in zarten filigranen Zügen vor ihren inneren Augen zu entstehen und es drängte sie mehr und mehr, sie auch aus ihren Fingern fließen zu lassen. Sie hatte schon immer gerne gezeichnet oder zarte Aquarelle gemalt.

Aber das war natürlich nichts, was den strengen Ansprüchen ihrer Mutter genügt hätte. Entweder große Kunst, die Millionen brachte oder gar keine. Vor diese Alternative hatte sie Mara gestellt, aber auch nur weil sie vorher fassungslos bei einer Auktion die Höhe der Gebote für Bilder von Gerhard Richter verfolgt hatte. Für brotlose Kunst hatte sie natürlich kein Verständnis.

Deshalb war Mara natürlich Steuerfachangestellte geworden und hatte dann das komplizierte Steuerberaterexamen absolviert, wie ihre Eltern auch und arbeitete mit Dreißig immer noch im Steuerberatungsbüro der Familie, obwohl sie dieser Arbeit wirklich nichts abgewinnen konnte.

Aber alle Bemühungen etwas anderes zu machen, scheiterten an der Dominanz von Henriette, wie Mara ihre Mutter nannte, wenn sie alleine und unbeobachtet war, so wie heute. Sie wusste, dass ihre Mutter sie sehr geschickt emotional manipulierte und kam dennoch nicht dagegen an.

Immer wenn sie allen Mut zusammengenommen hatte und ausgebrochen war, holte Henriette sie wieder zurück. Damals nach dem tödlichen Unfall ihres Vaters, der sie immer unterstützt hatte, war sie einfach geflohen. Sie wollte mit ihrer Trauer alleine sein und konnte sich eine Zusammenarbeit nur mit der Mutter, ohne den Ausgleich des Vaters, einfach nicht vorstellen. Aber Henriette war ihr gefolgt und hatte ihr ständig schlimmere Schuldgefühle gemacht. „Wie kannst du so kaltherzig sein und mich ausgerechnet jetzt in meiner Trauer und meinem Schmerz alleine lassen?"

Solange Mara unschlüssig war, hatte ihre Mutter mit tränenerstickter Stimme geflüstert, als sie dann jedoch wider besserem Wissen eingewilligt hatte zurück zu kommen, klang Henriettes Stimme befehlsgewohnt wie immer.

„Was bist du doch für eine undankbare Tochter! Andere würden sich freuen, wenn sie so einen soliden Arbeitsplatz hätten und eine Mutter, die alles für sie tut."

Mit Mitte Zwanzig hatte Mara Adrian kennen und lieben gelernt. Er war als Maler schon ziemlich erfolgreich und ihre Mutter schien von ihm recht angetan zu sein. Das änderte sich sehr schnell, als sie bemerkte, dass er Maras Potential erkannte und sie gezielt in ihrer künstlerischen Entwicklung förderte. Erst störte sie nur ihre Treffen mit Adrian, indem sie die Termine absichtlich durcheinander brachte, dann setzte sie Gerüchte in die Welt, Adrian würde als Fälscher verdächtigt und irgendwann war der junge Maler einfach verschwunden. Mara war am Boden zerstört und weinte sich wochenlang in den Schlaf. Mit ihm war sie zum ersten Mal glücklich gewesen und sie konnte sich sein Verschwinden einfach nicht erklären, bis sie bei den Buchhaltungsbelegen die Überweisungen entdeckte.

Die Höhe der Summe, die Henriette an Adrian gezahlt hatte, ließ ihr den Atem stocken. Als sie ihre Mutter darauf ansprach, erklärte die ihr nur verächtlich lächelnd. „Wie konntest du nur glauben, dass ein solcher Mann bei dir bleibt? Du siehst nur durchschnittlich aus, bist viel zu dünn, hast keine Kurven und kein Feuer. Natürlich hat er lieber das Geld genommen, mehr konnte er ja nicht erwarten."

Mara hatte nicht die Kraft gehabt zu antworten, sie hatte nur still geschluckt. Als sie anschließend in den Spiegel gesehen hatte, schien ihr das, eine Bestätigung dessen zu sein, was ihre Mutter ständig sagte. An ihr war wirklich nichts Besonderes, nur langweilige graue Augen und dünnes blondes Haar.

Damals hatte dieser Ausschlag begonnen. Nachdem ihre Mutter den Raum verlassen hatte, breitete sich der brennende, juckende Ausschlag über ihre Arme, die Brust und den Hals aus. Nach einigen ungestörten Stunden war alles wieder verschwunden, so als wäre nichts gewesen. Nach zwei Tagen gab es erneut eine Auseinandersetzung, in der Henriette einen Fehler in der Bilanz eines Mandanten kritisierte, den sie selbst gemacht hatte, aber Mara zuschob. Die rechtfertigte sich nicht, sondern korrigierte still den Fehler, aber ihr Körper reagierte.

Diesmal war der Ausschlag noch etwas unangenehmer und blieb auch einen ganzen Tag lang. Natürlich störte der Juckreiz ihre Konzentration, die Arbeit dauerte länger und die Angriffe von Henriette nahmen zu. Mara wäre gerne zu einem Hautarzt gegangen, aber dort zu erzählen, wann oder wodurch die Bläschen auftauchten, war ihr einfach zu peinlich. Dann aber musste sie doch gehen, weil der Ausschlag schon begann, wenn Henriette nur das Büro betrat und auch tagelang anhielt. Nachdem sie vier Ärzte konsultiert hatte, die ihr mehr als vier unterschiedliche Salben verordneten und bedauerlicherweise absolut nichts bewirkten, unternahm sie einen letzten Versuch.

Sie fand eine Ärztin, die ihre Großmutter hätte sein können und auch in ihrer freundlichen Art so wirkte. Sie musterte den Ausschlag und lächelte dann. „Hier geht es ganz offensichtlich um eine allergische Reaktion. Wenn es etwas Herkömmliches betreffen würde, wie Chemikalien oder Kontaktallergene, hätten das meine Kollegen schon herausgefunden. Also wen haben Sie in Ihrer Umgebung, der Ihnen nicht gut tut?"

Das öffnete sämtliche Schleusen bei Mara, sie weinte und redete sich allen Frust von der Seele. Die Ärztin hörte ihr zunächst geduldig zu, forderte sie aber dann zum Handeln auf.

„Sie brauchen keine weitere Salbe, denn Ihr Problem wird keine Salbe lösen können, das können nur sie selbst tun. Sie haben alles viel zu lange geschluckt. Und irgendwann war der letzte Tropfen einfach einer zu viel. Die Haut ist der Spiegel der Seele, sie reagiert, weil wir nicht bemerken, wenn uns die Seele etwas sagen will.“

Sie schüttelte tadelnd den Kopf. „Unter uns Heilenden gibt es deshalb den Spruch: *Geh du voran, sagt die Seele zum Körper! Auf mich hören sie nicht.* Und der Körper macht uns dann Schmerzen, schränkt unsere Bewegungsfähigkeit ein oder macht Ausschlag.“

„Das leuchtet mir ein, aber was soll ich denn machen?“ fragte Mara verzweifelt. „Wir arbeiten nun mal in der gleichen Firma.“

Aber die Ärztin lächelte nur aufmunternd.

„Sie müssen genau das tun, was jeder Allergiker tun muss. Halten sie sich vom Auslöser fern! Das ist nicht einfach, aber wichtig, wenn Sie überleben wollen.“

Dieses Gespräch war vor zwei Tagen gewesen. Seitdem grübelte Mara, wie sie das bewältigen könnte, ohne selbst unterzugehen.

„Dazu brauchte ich nicht nur das kleine Wunder aus Elvas Geschichte, sondern eher ein viel größeres“, stöhnte sie und trat ans Fenster. Henriette war zu einem Fachkongress gefahren, deshalb war sie allein. Und nur deswegen war auch die Haut zurzeit fast in

Ordnung, allerdings blieb die Stimmung gedrückt, da sich noch keine Lösung des Problems abzeichnete. Dabei war heute so ein schöner Tag, die Sonne schien und die japanischen Kirschbäume auf der Straße schienen um die Wette zu blühen.

Sie öffnete das Fenster und atmete tief ein. Im gleichen Moment stob ein leichter Wind durch die Blüten, ließ sie nach oben fliegen und langsam wieder herunter schweben, so als hätte Fortuna gerade ihr Füllhorn ausgeleert.

Mara musste lächeln, als eine zarte rosafarbene Kirschblüte auf ihrer Hand landete. Was für ein wunderbares Kunstwerk, so zart und dennoch so perfekt. Und ganz bestimmt auch leicht zu skizzieren, wenn…"

Maras Lächeln blieb nicht nur auf dem Gesicht, sondern schien plötzlich durch ihren gesamten Körper zu ziehen. Was tat sie eigentlich noch hier? Sie könnte in dem kleinen Wintergarten ihrer Wohnung sitzen und Elvas Geschichte Gestalt annehmen lassen.

Es drängte sie regelrecht, die Skizzen, die ihr durch den Kopf zogen auf das Papier zu bringen. Wieso eigentlich nicht?

Ohne weitere Überlegungen fuhr sie ihren Computer herunter und verließ das Büro, ohne zurückzublicken.

Zuhause erschien es ihr, als würde sie von den Farben, den Stiften und den Skizzenblocks regelrecht willkommen geheißen. Ohne die Geschichte zu Ende zu lesen, malte sie in zarten Farben alles, was nach ihrer Vorstellung von Fortunas glückbringendem Überfluss gestreift worden war. Sie zeichnete und kolorierte wie im Rausch und hielt erst nach einigen Stunden überrascht inne.

Dann betrachtete sie völlig erstaunt, was sie fast unbewusst gestaltet hatte, das alte Bauernhaus, das mit seinem Fachwerk so einladend wirkte, die bockige Ziege, die plötzlich zu lächeln schien, als ein Blüte auf ihrem Kopf landete, die Bäume, die sich glitzernden Wassertropfen entgegen reckten und die dunkle Erde, aus der bereits die ersten Pflanzen keimten. Oder die guten Feen mit wundervollen blumengeschmückten Hüten, die Menschen anleiteten, ihr Glück zu finden. Woher kam das?

Darüber hatte sie garantiert nichts gelesen, denn bis jetzt wusste sie gar nicht, wie Elvas Geschichte weiter ging. Sie beschloss, sie über Facetime anzurufen.

Elva saß wie immer um diese Zeit an ihrem zierlichen Schreibtisch, schrieb aber nicht, sondern träumte die Handlung voraus.

Mara erkannt sofort, dass es um die Schwierigkeiten einer Prinzessin gehen musste, denn Elva trug ein weißes, langes Kleid mit Rüschen und einen Blumenkranz in ihren honigbraunen Haaren. Bestimmt war sie wie immer barfuß, hatte aber die Füße unter das weite Kleid gezogen.

Als sie Mara auf dem Monitor ihres Smartphones erkannte, funkelten ihre haselnussbraunen Augen vergnügt. „Du traust dich, mich in der Arbeitszeit anzurufen? Das ist kühn! Oder ist Ihre Hoheit nicht zuhause?"

„Beides", lachte Mara. „Aber du wirst es nicht glauben, ich habe mir einfach frei genommen, um zu Papier zu bringen, was mir zu deiner Geschichte eingefallen ist. Aber jetzt bin ich etwas unsicher, weil ich ja eigentlich nur den Einstieg gelesen habe."

Als sie mit der Kamera über die einzelnen Blätter glitt, jubelte Elva sofort. „Das passt wunderbar! Mara, du bist wirklich meine Rettung. Du hast sogar Grazian, den Ziegenbock, wunderbar erfasst und die Feen und das Bauernhaus sehen genauso aus, wie in meiner Fantasie. Diese Skizzen brauche ich unbedingt und so schnell wie möglich. Ich wusste, du würdest es schaffen."

Mara war so verblüfft, dass sie zweimal zum Sprechen ansetzen musste. „Dein Hilferuf war wirklich echt? Du meinst, du willst tatsächlich meine Zeichnungen verwenden? Für dein Buch?"

„Ja, natürlich", kicherte Elva. „Ich hatte schon einige Entwürfe, die haben mich aber nicht überzeugt. Deine Bilder sind so, als hättest du in meinen Kopf geschaut und alles sichtbar gemacht, was ich mir vorstelle. Morgen kommt meine Lektorin, deshalb bräuchte ich die Zeichnungen ganz schnell. Sie wird genauso begeistert sein. Bestimmt kann sie ein Kurierdienst pünktlich hierher bringen."

Ehe Mara auch nur darüber nachdenken konnte, hatte sie schon lächelnd den Kopf geschüttelt. „Das ist nicht nötig, ich bringe sie selbst vorbei."

„Juhu, da wird Ihre Hoheit aber staunen. Kannst du auch etwas länger bleiben? Eine der Ferienwohnungen ist einen ganzen Monat frei und danach habe ich immer noch ein Gästebett. Ich freue mich wie verrückt!"

Als sie aufgelegt hatte, holte Mara tief Luft, um sich etwas zu beruhigen. Irgendwie ging jetzt alles ein wenig zu schnell. Aber wenn ein Zug erst einmal Fahrt aufgenommen hat, dachte sie etwas schnoddrig, dann werde ich ihn ganz bestimmt nicht anhalten!

Also rief sie im Steuerberatungsbüro an.

„Frau Koch, stornieren Sie bitte alle meine Termine. Was davon möglich ist, soll meine Mutter übernehmen. Ich bin für unbestimmte Zeit verreist."

Ihre Sachen hatte sie schnell gepackt, auf dem Land würde sie kaum etwas Aufregenderes brauchen als Jeans, Shirts und die Leinenbluse, die sie zum Kolorieren trug. Mehr Gepäck hätte sie sowieso nicht verstauen können, denn um zu Elvas Haus zu gelangen, brauchte sie nicht nur die Regionalbahn, sondern auch ihr Fahrrad. Das war wieder so etwas, das ständig Henriettes Unmut hervorgerufen hatte. Radfahren erschien ihr für eine Steuerberaterin nicht seriös genug.

Aber Mara machte es vielleicht gerade deswegen großen Spaß.

Sie schaute sich noch einmal prüfend um, aber sie hatte nichts vergessen. Also band sie ihre Haare noch rasch zu einem frechen Pferdeschwanz und dann konnte es losgehen. Ein letzter Blick in den Spiegel bestätigte ihr, dass sie sich bereits anders fühlte. Ihre Augen funkelten wie schon lange nicht mehr: Das Abenteuer konnte beginnen! Die Skizzen, das Wichtigste, hatte sie in einer Umhänge-Mappe verstaut und würde sie sicher über der Brust tragen.

Der Regional-Express war um diese Zeit erstaunlich leer, nur ein einzelner Mann saß im Fahrradabteil. Mara hatte nur einen kurzen Blick auf ihn geworfen und volles silbergraues Haar und einen ebensolchen Vollbart wahrgenommen, da sie noch versuchte, ihr Rad so zu parken, dass es wegen des Gepäcks nicht umkippte.

Als sie das endlich geschafft hatte und die Mappe von den Schultern streifte, nahm der Zug gerade eine Kurve etwas zu rasant. Mara taumelte zur Seite und wurde von dem Fremden aufgefangen, der gleichzeitig auch die Mappe sicherte, ehe sie zu Boden fiel.

„Mit soviel Entgegenkommen hätte ich heute nicht mehr gerechnet", lachte er. „Ist mit Ihnen alles in Ordnung?"

Mara presste die Hand auf ihr Herz, das plötzlich viel zu schnell schlug. Diese Stimme! Sie hatte etwas ganz Besonderes, sie klang wie Samt. Nein, sie klang tiefer, eher so wie dunkle Schokolade klingen würde, vorausgesetzt die könnte wirklich sprechen.

Hilfe, was waren denn das für Gedanken! Irgendwie brachte dieser Mann sie völlig durcheinander. Er war deutlich jünger als die grauen Haare vermuten ließen und hatte faszinierende graublaue Augen, die sie interessiert betrachteten. Hatte er nicht etwas gefragt? Oh, ja.

„Ja, ich bin in Ordnung. Hauptsache, die Mappe ist unbeschädigt."

Sie ließ sich endlich mit weichen Knien auf den etwas unbequemen

Sitz fallen. Er nahm seinen Platz ebenfalls wieder ein, blieb aber ihr zugewandt. „Wenn Sie sich fast dafür geopfert hätten, scheint die Mappe sehr wichtig zu sein, oder?"

Er klang so interessiert, dass Mara ihre übliche Schüchternheit ablegte und ganz begeistert von Elvas Buch und ihren spontanen Illustrationen erzählte.

Er lächelte erfreut. „Ich kenne alle Bücher von Elva, wusste aber nicht, dass sie hier in der Nähe lebt. Ich bin ein großer Fan ihrer Fantasy-Geschichten, fand aber die Illustrationen bisher immer ein wenig zu sparsam."

Mit klopfendem Herzen zeigte sie ihm dann einige Beispiele ihrer Skizzen auf ihrem Smartphone, die er gebührend bewunderte, bis auf eines, das er länger und etwas irritiert betrachtete.

Mara sah ihn fragend an. „Stimmt irgendetwas mit diesem alten Bauernhaus nicht? Ich finde es wunderschön."

Er sah sie mit einem eigenartigen Blick an, den sie nicht einordnen konnte und schüttelte dann leicht den Kopf. „Ich finde es auch wunderschön. Und sie haben dieses Haus nie gesehen und erst vor einigen Stunden nach Elvas Ideen gezeichnet?"

Mara nickte stumm.

„Das ist wirklich erstaunlich! Ich würde Ihnen gerne das Original zeigen, wenn es Ihre Zeit erlaubt. Ich bin Florian Berg und leite eine kleine Künstlerkolonie in einem Dorf etwa 10 km entfernt. Eigentlich ist sie noch im Aufbau. Zurzeit sind wir sieben Leute, eine Malerin, eine Frau, die webt, ein Metallgestalter, ein Glasbläser, ein Mann, der mit Fundstücken tolle Sachen macht, eine Goldschmiedin und ich. Bei mir kommt je nach Objekt von allen Tätigkeiten etwas zusammen, aber meistens arbeite ich mit Holz. Sie würden gut zu uns passen, falls Sie auf der Suche sind. Ich muss leider gleich aussteigen, würde Ihnen aber gerne unsere Visitenkarte hinterlassen, melden Sie sich ruhig, wenn Sie Interesse haben. "

Zwei Wochen später hätte Mara nicht mehr sagen können, wie sich ihr bisher so genau vorgeplantes Leben mit einem Schlag gravierend verändert hatte und wie schnell das alles zustande gekommen war. Jahrelang hatte sie von einem anderen Leben, von einem erfüllten Leben geträumt und darauf gehofft, dass irgendetwas passieren würde, aber diese rasanten Änderungen hätte sie sich einfach nicht vorstellen können. Sie sah aus dem Fenster der kleinen Ferienwohnung und schaute träumerisch über die sanften grünen Hügel. Es war einfach fantastisch hier zu sitzen, sich in eine neue Geschichte zu vertiefen und mit Stift, Pinsel und Farbe alles sichtbar werden zu lassen, was Elva vorschwebte und das mit Bildern, die jedes Herz erwärmten und jeden der sie sah, wieder zum Kind werden ließ.

Und ihre Haut war so klar, als hätte es den hässlichen Ausschlag nie gegeben. So könnte es eigentlich weitergehen, aber manchmal meldeten sich auch zweifelnde Gedanken. Sie konnte sich hier doch nicht ewig vor der Welt verstecken, so schön die Vorstellung auch war. Sicher, sie hatte zwei Verträge mit dem Verlag, der Elvas Bücher verlegte. Schon als sie angekommen war und ihre Freundin die Skizzen im Großformat gesehen hatte, wusste Mara, dass sich hier eine neue Tür öffnen könnte.

Die Lektorin war genauso so begeistert, dass sie sofort einen Vorvertrag für das nächste Buch bekam, an dem sie gerade noch arbeitete. Aber das reichte doch nicht aus, für ein völlig neues Leben! Oder doch? Sie schüttelte den Kopf. Dachte sie schon so pessimistisch wie Henriette, obwohl sie zum ersten Mal seit langer Zeit richtig glücklich war?

Jeden Morgen joggte sie mit Elva und dem Hund Ajax einmal um den kleinen Ort, entlang an Wiesen mit wilden Blumen, die noch vom Tau glitzerten, an Hecken, in denen die Vögel zwitscherten und einem kleinen plätschernden Bach.

Was für eine idyllische Gegend! Mit Grauen erinnerte sie sich zurück an die laute, stressige Stadt. Nach dem Frühstück arbeiteten sie und Elva intensiv an ihren Aufgaben und am späten Nachmittag streiften sie durch die Gegend, besuchten Trödelmärkte oder kleine Museen oder kochten gemeinsam in Elvas großer Küche.

Könnte das auch ihr neues Leben sein oder wartete noch etwas anderes auf sie? Manchmal dachte sie an den geheimnisvollen Mann im Zug, so als sei diese Angelegenheit noch nicht abgeschlossen.

Sie hatte ja seine Visitenkarte, aber wäre sie auch mutig genug, den ersten Schritt zu machen?

Am Abend zeigte sie Elva die Visitenkarte und fragte nach der Künstlerkolonie. Elva zog kurz die Stirn kraus. „Das klingt interessant, aber ich war noch nie dort. Allerdings habe ich einiges über Florian Berg gelesen, er hat eine ganze Weile die Regenbogenpresse beherrscht."

Als Mara sie nur fragend ansah, schüttelte sie tadelnd den Kopf. „Wir normalen Mädchen lesen auch mal Klatschgeschichten, vor allem die fürs Herz und von ihm gab es eine, die leider ganz böse ausging. Er war vor vier oder fünf Jahren einer der bekanntesten und erfolgreichsten Investmentbanker und hatte ein Verhältnis mit einer Umweltaktivistin, einer bildschönen, sehr kämpferischen Frau. Sie haben sich Auseinandersetzungen und Redeuelle in der Öffentlichkeit geliefert, die waren heißer als heiß. Aber dann sind beide bei irgendeiner Erfindung, die ausgerechnet von seiner Fondsgesellschaft finanziert wurde, in eine Explosion geraten und sie ist tödlich verunglückt. Das war für ihn ein Schock, der unwahrscheinlich tief gegangen sein muss, denn an dem Tag ist sein Haar grau geworden und er aus dieser Firma ausgeschieden.

So erzählt man jedenfalls. Und woher kennst du ihn?"

„Genau genommen bin ich ihm in die Arme gefallen", lachte Mara. Als sie aber an Elvas Lächeln erkannte, dass die jetzt auf eine Romanze wartete, wehrte sie sofort ab. „Natürlich nur, weil der Regional-Express so rasant gefahren ist. Und dann hat er von deinen

Büchern geschwärmt und ich habe ihm die Skizzen gezeigt. Er arbeitet mit Holz, außer ihm gibt es noch sechs Künstler, die in anderen Techniken arbeiten. Sie haben noch Plätze frei und deshalb hat er mich eingeladen."

„Und wieso warst du noch nicht dort? Das ist nicht weit, eine gute Fahrradstrecke. Ich würde dich ja begleiten, aber ich habe momentan ein wenig aufzuholen."

„Ist es nicht aufdringlich, wenn ich einfach so erscheine?"

„Jetzt wo du das sagst, sehe ich das auch so." Elva schüttelte tadelnd den Kopf. „Wer eingeladen wird, muss natürlich damit rechnen, dass man ihn nicht erwartet!"

Mara schaute einen Moment irritiert, dann lachte sie. „Ein einfaches Nein hätte auch genügt. Aber du hast recht. Ich fahre gleich heute."

Am Nachmittag hatte sich das sonnige Frühlingswetter verabschiedet und es regnete. Gerade als Mara das als schlechtes Omen werten und einen Rückzieher machen wollte, brachen einige Sonnenstrahlen durch die Wolken. Also startete sie trotzdem, aber gut vorbereitet mit einer Regenjacke. Nach der Hälfte des Wegs brauchte sie die auch, da es immer stärker regnete. Am liebsten wäre sie jetzt wieder umgekehrt, aber irgendetwas hielt sie davon ab. Als sie endlich ankam, war sie klatschnass, aber in der Künstlerkolonie schien die Sonne strahlend vom Himmel.

Das hätte ich mir denken können, stöhnte sie innerlich, als schon eine ältere Frau aus einem der kleineren Gebäude eilte und ihr ein Handtuch reichte. „Komm doch einen Moment herein. Du musst ja einen Wolkenbruch abbekommen haben und bei uns sind kaum drei Tropfen gefallen. Ich habe Leinen im Garten zum Bleichen ausgelegt und hatte mich auf Regen gefreut."

Im Haus reichte sie ihr einen Föhn für die Haare und stellte eine Tasse Tee bereit. Nachdem Mara ihre Haare getrocknet und ihre Regenjacke auf die Wäscheleine gehangen hatte, setzte sie sich zu der Frau, die sehr um sie bemüht war und sah sie fragend an.

„Ich habe mich noch gar nicht vorgestellt. Ich bin Marie, die Weberin. Manchmal mache ich auch andere Sachen mit Stoff, aber Weben ist einfach meins, wie man unschwer an meinem Haus erkennen kann."

Sie zeigte auf Vorhänge, Decken, Teppiche und Tischläufer, die alle in zusammenpassenden Mustern in hanfgelb und dunkelgrün gearbeitet waren.

„Die sind wirklich wunderschön", staunte Mara. „Ich hatte mir Gewebtes immer viel grober vorgestellt."

Marie lachte. „Das ist meine Spezialität, ich habe die Technik ein wenig verfeinert. Und du bist die Künstlerin, die unseren Florian so sehr begeistert hat?"

Mara bekam heiße Wangen. „Das wusste ich nicht", lachte sie. „Ich dachte, nur meine Bilder hätten ihm gefallen. Wo ist er überhaupt?"

Marie sah sorgenvoll auf die Uhr. „Ich bin die Vorhut. Ich sollte dich abfangen, falls du heute kommst. Denn im Haupthaus wird ein großes Problem behandelt, mit dem wir dir nicht die Laune verderben wollen, wir hätten ja gerne, dass du bei uns einsteigst. Wir haben schließlich noch drei Häuser frei, aber die Auswahl muss gut überlegt sein. Deshalb sollte ich dir erst mein Haus zeigen, es gibt weitere Häuser dieser Art, die alle um das Haupthaus verstreut liegen und alle ähnlich gestaltet sind.

Im Erdgeschoss gibt es eine Küche, Vorratsräume und einen großen Arbeitsraum. Im Obergeschoss sind dann Wohnzimmer, Schlafraum und Bad untergebracht. Aber man kann auch tauschen, Dörthe, unsere Malerin, hat ihr Atelier oben, wegen des Lichts und den Wohnraum unten."

Als Mara verdattert über den Wortschwall immer noch schwieg, fuhr sich Marie mit der Hand über die Stirn.

„Wenn ich aufgeregt bin, fange ich an zu plappern, aber wir haben wirklich ein ziemliches Problem, die Steuern. Wir sind ja alle in dieser Hinsicht etwas weltfremd, wer hat schon Ahnung davon, was auf einer Steuererklärung alles stehen sollte?"

„Ich zum Beispiel." Mara lächelte, denn zum allerersten Mal in ihrem Leben war sie stolz auf ihre Ausbildung. Marie sah sie an, wie das achte Weltwunder oder so als habe sie plötzlich einen Heiligenschein um den Kopf und Flügel auf dem Rücken.

„Wirklich? Dann bringe ich dich sofort ins Haupthaus."

Eilig hastete Mara der plötzlich sehr agilen Marie hinterher und blieb doch plötzlich staunend stehen, als sie vor sich genau das alte Bauerhaus entdeckte, das sie für Elvas Geschichte gezeichnet hatte. Sie holte tief Luft, noch ein kleines Wunder! Jetzt konnte sie auch den überraschten Gesichtsausdruck von Florian Berg verstehen.

Ehe sie weiter darüber nachdenken konnte, drängte Marie sie weiter zu gehen.

Nachdem sie die Tür zum Haupthaus schwungvoll aufgerissen hatte, schob sie Mara vor und rief: „Ich bringe die Rettung, diese Frau hat Ahnung von Steuern!"

Nachdem sie auch hier von ungläubigem Staunen empfangen wurde, setzte Mara sich auf den eiligst vorgeschobenen Stuhl und überflog das Formular. Ihr genügten wenige Einträge, um das Problem zu lösen und die Steuererklärung abzuschließen, immer von andächtigem Schweigen oder anerkennenden Murmeln der anderen begleitet.

„Mehr ist nicht nötig." Sie schob die Unterlagen von sich und sah in die erleichterten Mienen der Künstler. Als ihr sogar applaudiert wurde, lächelte sie zufrieden. „Daran könnte ich mich gewöhnen. Als Steuerberaterin wird man selten so entgegenkommend empfangen."

„Aber du hast wirklich ein Wunder vollbracht", erklärte Marie.

„Du kannst nicht wissen, wie lange wir bereits gegrübelt haben."

Dann beeilten sich alle, ihr für die Unterstützung zu danken oder sich zu vergewissern, dass sie als Rettung auch beim nächsten Steuerproblem wieder zur Verfügung stünde. Mara tat das gut und sie fühlte sich regelrecht beschwingt, bis Florian mit einem großen Tablett kam, auf dem mundgeblasene Gläser mir Rotwein standen. Als er sie langsam von oben bis unten musterte und die Luft zwischen ihnen zum Knistern brachte, konnte sie kaum atmen. Aber dann lächelte er in die Runde.

„Jetzt lasst uns Mara erstmal richtig begrüßen und ihr für das Wunder danken, das sie vollbracht hat. Natürlich hoffe ich auch, dass sie bei uns bleibt, denn darauf deutet vieles hin."

Er stieß mit ihr an und setzte sich dann im Kreis der anderen neben sie. „Du hast das Haus gesehen?"

Mara nickte und versuchte bei diesen intensiven Blicken der grauen Augen noch einigermaßen verständlich zu kommunizieren. „Aber ich habe keine Erklärung dafür."

Er nickte und lächelte auf eine Art an, die sie im gesamten Körper bis in die Zehen spürte.

„Ich schon." Dann wandte er sich an die anderen. „Hört mal zu. Ich habe Mara im Zug kennengelernt, wir waren uns vorher noch nie begegnet, aber sie hatte einige Stunden vorher ein altes Bauernhaus wunderschön gezeichnet und koloriert, das genauso aussieht, wie unser Haupthaus. Was sagt uns das?"

„Es ist ganz klar vorbestimmt, dass du zu uns kommst", stellte die Goldschmiedin fest und lächelte Mara zu. „Du kannst noch darüber nachdenken, aber das Schicksal hat längst entschieden. Und wenn so viele Funken fliegen wie zwischen euch beiden, dann bedeutet das für mich wahrscheinlich Arbeit." Sie lächelte wissend, aber Mara war nur noch verwirrt. Einerseits konnte sie sich auch gut vorstellen, in einem Haus, wie dem von Marie zu wohnen, die wunderschöne Umgebung zu genießen, mit Menschen zusammen zu sein, die für ihre Kunst lebten und jeden Tag malen oder zeichnen zu können. Konnte man andererseits davon auch leben und seine Miete bezahlen?

Florian, der ihre Verwirrung bemerkte, zog sie hoch. „Wir machen am besten einen Rundgang, während sich die anderen um unsere Feier kümmern."

Dann zeigte er ihr das Grundstück, einige der bewohnten Häuser, die immer offen zu stehen schienen und auch die drei Häuser, die noch zu vermieten waren. In eines davon verliebte sie sich sofort. Es war ihr so vertraut, als hätte sie es schon in einem ihrer Träume gesehen und genau daneben stand ein blühender japanischer Kirschbaum.

Mara musste unwillkürlich lächeln. So als ob die Geschichte, die mit einer Kirschblüte begonnen hatte, genau hier den richtigen Abschluss hätte. Sie wusste sofort, dass das ihr Haus war und sie wusste auch genau, was sie tun würde. Bisher hatte sie ihre Arbeit im Steuerberatungsbüro mehr oder weniger widerwillig erledigt, aber hier hatte sie zum ersten Mal gespürt, wie wichtig ihr Wissen für andere war und welche Erleichterung sie damit, vor allem Menschen mit künstlerischen Interessen bringen könnte.

Und jetzt verstand sie auch: sie konnte in einem neuen Leben alles haben, an diesem wunderschönen Ort leben, zeichnen und malen, Freunde gewinnen und verfolgen, wie sich ihre Beziehung zu diesem fantastischen Mann entwickelte und auch genügend Geld durch Beratungen verdienen. Im Gegensatz zu ihrem sonstigen Verhalten überlegte sie jetzt nicht lange. „Ich bin dabei, ich glaube, ich bin wirklich angekommen."

Es wurde ein langer Abend, denn jeder wollte sie willkommen heißen, etwas über sie erfahren oder ihr von sich erzählen.

Mara fühlte sich so wohl, dass sie die ganze Nacht geblieben wäre. Zwischendurch hatte sie Elva schon eine Nachricht gesandt und war daher fast ein wenig enttäuscht als Florian vorschlug, sie zurückzufahren.

„Mit dem Fahrrad wirst du nicht weit kommen, ich habe nichts getrunken und kann dich sicher mit unserem Truck zurück bringen."

Obwohl Mara im Beisein der anderen sehr fröhlich war, fiel sie im Auto wieder ein wenig in ihre frühere Schüchternheit zurück.

„Du musst dich nicht zurückziehen", lächelte Florian. „Ich werde jetzt nicht über dich herfallen, dafür haben wir noch viel Zeit. Aber wir beide wissen, wohin es führt. Es wird sehr spannend werden, was du als nächstes zeichnen wirst, denn es scheint so, als ob das Schicksal persönlich die Fäden zieht."

Diesen Satz hatte Mara einige Tage später noch im Ohr, als sie sich von Elva verabschiedet hatte und zurückfuhr, um ihre Wohnung aufzulösen und den Umzug zu organisieren. Er war ihr Schutz, ihre Rüstung, um sich gegen alles durchsetzen zu können, was ihr bevor stand.

Schon als sie am nächsten Morgen die Büroräume betrat, schoss ihre Mutter wie eine wütende Hornisse auf sie zu. „Du hast doch nicht etwa geglaubt, dass ich dir deine Fehltage als Urlaub bezahle? So naiv kannst nicht einmal du sein."

„Ich habe mein ganzes Leben nicht all zu viel von dir erwartet." Trotz aller Anspannung konnte Mara lächeln. „Jetzt erwarte ich nur, dass du meine Kündigung akzeptierst und mir etwas Glück wünschst."

„Du kannst mich doch jetzt nicht mit der ganzen Arbeit sitzen lassen!" Ihre Mutter klang empört, schwenkte dann aber auf die Mitleidstour um. „Ich bin ja auch nicht mehr die Jüngste und musste jetzt schon deine Aufgaben zusätzlich übernehmen."

Sie drückte demonstrativ ein Taschentuch an die Augen, aber Mara ließ sich nicht beeindrucken.

„Mutter, du kannst jederzeit Mitarbeiter einstellen", erklärte sie, während sie unbeirrt ihre persönlichen Unterlagen zusammen legte und in einem größeren Karton verstaute.

„Wie soll ich denn das bezahlen, du weißt auch, dass die Firma finanziell nicht mehr so gut da steht, wie früher."

„Vielleicht hättest du deine Anlagen besser bedenken sollen."

Mara wusste, dass sie jetzt eine verbotene Zone betrat, machte aber dennoch weiter. „Ich hatte dich gewarnt, aber du musstest ja unbedingt auf deinen jungen Liebhaber hören."

Wie von einer Tarantel gebissen, sprang ihre Mutter von ihrem Stuhl und stieß wütend hervor: „Du kannst gehen, aber sofort. Wenn ich könnte, würde ich dich enterben, leider hat das dein Vater verhindert. Aber ich kann dir immer noch Ärger machen, zum Beispiel in deiner Künstlerkolonie. Ich weiß alles darüber und ich habe immer noch eine Menge Einfluss."

Mara sah erschrocken hoch. So hatte sie ihre Mutter noch nie erlebt, aber sie zweifelte nicht mehr daran, dass sie ihr und ihrem neuen Glück gefährlich werden könnte. Aber sie war auch gut vorbereitet.

„Du glaubst, dann würde ich wieder zurück kommen? Vergiss es! Ich bin mir sicher, dass du keinen Ärger machen wirst, weil du selbst auch keinen gebrauchen kannst. Ich könnte mich sonst an einige Absprachen mit dem zuständigen Stadtrat erinnern, die ich rein zufällig entdeckt und kopiert habe. Also wünsch mir lieber Glück, denn das werde ich haben."

Am nächsten Tag hatte sie den größten Teil ihrer Liste bereits erledigt. Für die Wohnung hatte sie eine Familie als Nachmieter gewonnen, die schon lange nach Wohnraum gesucht hatte. Andere Verträge waren bereits gekündigt, die meisten Möbel verkauft oder verschenkt. Es blieb erstaunlich wenig, was sie in ihr neues Leben mitnehmen wollte, aber doch einiges, vor allem ausreichend Zeichenmaterial und Farben, weshalb Florian sie mit dem Truck abholte.

Sie fuhren fast schweigend zurück, aber es war ein wohltuendes Schweigen, das ihre kribbelnde Neugier nur leicht verdeckte. Dennoch fühlte sich Mara sicher mit dem, was sie entschieden hatte und mit dem, was auf sie zukam. Als sie vor ihrem neuen Haus aus dem Truck ausstieg, fuhr wieder ein frischer Wind in den Kirschbaum und überschüttete sie mit seinen rosa Blüten. Mara lächelte, als sie Florians fast anbetende Blicke sah. Sie hatte sich ein Wunder gewünscht und hatte so viel mehr bekommen.

Der nächste Bus kommt bestimmt!

„Was für ein fürchterlicher Idiot!"

Steffi Glöckner stürmte wütend aus dem Café, in dem sie sich gerade mit ihrem allerersten Bewerber aus der Dating-Plattform getroffen hatte. Sein Profil hatte sich ganz vernünftig angehört, ein Ingenieur, der sportbegeistert war und auch bereits erwachsene Kinder hatte. Genau wie sie. Natürlich betraf die Gemeinsamkeit nur die Kinder, denn für Sport begeisterte sich weniger, höchstens fürs Tanzen. Diese Beschreibung hatte sie hoffen lassen, aber mit Sicherheit nicht auf diese Enttäuschung vorbereitet.

Denn der Mann, dem sie eben eine geschlagene Stunde gegenüber gesessen hatte, verfügte über nichts von alledem, höchstens über eine ausschweifende Fantasie. Er war weder Ingenieur, noch hatte er überhaupt eine Arbeitsstelle. Allerdings war er an vielem interessiert, vor allem daran, ob er gleich bei ihr einziehen könne und wie hoch ihr Gehalt sei. Er bemäntelte sein Interesse nicht einmal mit einer augenblicklichen Notlage oder etwas Ähnlichem, sondern war überzeugt davon, dass jede Frau mit ihm das große Los ziehen würde.

Steffi wäre am liebsten sofort aufgestanden, hatte aber dennoch nachgefragt. „Dann sind Sie als Hausmann wohl unschlagbar?"

Er starrte sie zunächst verdattert an, bevor ziemlich überheblich grinste. „Wozu das denn? Das brauche ich nicht. Frauen über vier-

zig können doch froh, wenn sie überhaupt noch einen abkriegen."
Da reichte es ihr endgültig. Sie würde sowieso die Rechnung be-
gleichen, müsste sich aber nicht auch noch weitere Zeit stehlen
lassen.

Nachdem sie eine Weile wütend die Straße entlang gestürmt war,
schwenkte sie etwas beruhigter bei einer kleinen Grünanlage nach
links und setzte sich auf die erste ruhige Bank, die sie fand.

Sie sah sich um, der Park mit den großen alten Bäumen war wirklich schön und auch gut besucht. Offensichtlich schienen heute
viele Menschen die ersten wirklich warmen Sonnenstrahlen des
Frühlings zu genießen.

Und die meisten natürlich zu zweit! Steffi streifte ihre leichte Jacke
von den Schultern, weil ihr warm geworden war und lehnte sich
zurück.

Wie machten das eigentlich die anderen Frauen? Wie fanden sie
den richtigen Partner?

Vor allem jetzt in ihrem Alter, sie war ja keine siebzehn mehr. War
sie wirklich bereits über ihr Verfallsdatum? Dann brauchte sie
wahrscheinlich doch ein Wunder, um noch etwas einigermaßen
Brauchbares zu finden.

Seit Christian sie verlassen hatte, sah sie nur noch glückliche Paare,
nur sie war allein und traf schon beim ersten Versuch auf einen
Rohrkrepierer. Eine bessere Bezeichnung fiel ihr nicht ein, denn
schließlich war alles nach hinten losgegangen.

Damals mit Christian war alles viel leichter gewesen. Sie hatte gerade ihre erste Stelle als medizinisch-technische Assistentin angetreten und er war noch Medizinstudent, der wenig Geld und immer Hunger hatte. Sie hatte einen Beruf und eine kleine Wohnung, natürlich waren sie deshalb sehr schnell zusammengezogen und seitdem glücklich gewesen.

Nachdem sich das erste Kind ankündigte, hatten sie geheiratet und auch gleichzeitig seinen Studienabschluss feiern können. Als das zweite Kind kam, war Christian schon als Dozent in der Lehre und sie suchten eine größere Wohnung. Wenn es nur nach Steffi gegangen wäre, hätte sich an ihrem Leben nichts ändern müssen.

Nachdem die beiden Jungs aus dem Haus waren, spürte sie vielleicht ein wenig Leere, aber sie hatte viele Interessen und engagierte sich bei einer Reihe von Aktivitäten.

Christian tat das offensichtlich auch, aber anders als sie erwartete. Ihr wurde schon öfter zugetragen, dass er übermäßiges Interesse für blonde Studentinnen habe, aber Steffi hielt das für Geschwätz, bis er ausgerechnet an ihrem 48. Geburtstag auszog und sie kurz danach die Scheidungspapiere erhielt.

Wenn sich die Erde vor ihr aufgetan hätte, um sie zu verschlingen, Steffi hätte nicht überraschter sein können, vor allem als sie die Scheidungsbegründung las. Es musste sich um eine Verwechslung handeln, denn sie erkannte sich und ihren Mann nicht in den geschilderten Problemen.

Sie waren doch glücklich gewesen? Oder nicht? Am liebsten hätte sie sich quer gestellt, um die Scheidung zu verhindern, das Ganze konnte doch nur ein Irrtum sein, aber dafür war sie dann doch zu stolz. Sie würde sich eben ein neues Leben aufbauen und einen anderen Partner finden! Aber das war nicht so einfach.

Nach der Scheidung fand sie durch Vermittlung einer Kollegin eine preisgünstige kleinere Wohnung und war eine ganze Weile damit beschäftigt, mit den Resten ihrer Ehe und den Resten des Mobiliars zurecht zu kommen.

Erst danach spürte sie die riesige Leere. Auch wenn Christian oft länger gearbeitet hatte, wusste sie mit Sicherheit, dass er irgendwann doch heimkam. Jetzt war die Wohnung abends leer oder auch ungewohnt still und doch erinnerte vieles an ihn, an die schönen Zeiten, die sie gemeinsam hatten. Vielleicht konnte sie auch einfach noch nicht so gut alleine sein? Ihre verheirateten Kolleginnen beneideten sie jetzt um ihre Freiheit, um alles, was sie nun Tolles erleben könnte.

Aber so toll fand sie ihr Leben nicht, nur einsam.

Natürlich hatte sie eine Menge Bekannter, aber richtige Freundinnen hatte sie schon lange nicht mehr gehabt, genau genommen, schon seit der Fachschule nicht mehr. Denn da war ja Christian, mit dem sie alles erlebte und alles besprach. Jetzt fehlte ihr jemand, der mit ihrem Leben vertraut war, der ihr raten konnte.

Was man zum Beispiel mit so einer verfahrenen Situation anfing?

Sollte sie weitermachen und aktiv suchen oder sollte sie aufgeben und sich mit einer Katze als Ansprechpartner begnügen. Sie stöhnte, Fragen über Fragen, aber keine Antworten!

„Sie haben offensichtlich ein Problem?"

Steffi schaute überrascht zur Seite. Wann hatte sich denn diese Frau neben sie gesetzt?

Sie schien schon älter zu sein, hatte aber ein fast glattes freundliches Gesicht, um das weiße Löckchen wippten, ein fließendes Gewand in einer Farbe zwischen hellblau und silbergrau und wirkte mit ihrem Blumenhut ziemlich unkonventionell.

Aber für Steffi war die alte Dame im Moment einfach jemand, der offensichtlich zuhören konnte. Deshalb stöhnte sie noch einmal.

„Ein ziemlich großes Problem sogar."

„Sie dürfen sich den ersten Fehlversuch nicht so zu Herzen nehmen. Das wird schon wieder. Mit den Männern ist es oft wie mit dem Bus, eine Zeit lang kommt keiner, aber dann gleich mehrere."

Jetzt blieb Steffi der Mund fast offen stehen. „Woher wissen Sie denn davon?"

Da lächelte die alte Dame leicht und schüttelte den Kopf. „Ich bin eine gute Fee. Ich weiß vieles."

Steffi starrte sie an. Oh Gott, ich glaube ich drehe durch, schoss es ihr durch den Kopf. Hatte die Frau jetzt gerade behauptet, sie sei eine Fee oder habe ich schon Wunschträume? Sie kommt wahrscheinlich eher aus der Psychiatrie, aber gefährlich sieht sie nicht aus. Am besten spiele ich einfach mit.

Und lächelnd sagte sie laut: „Dann können Sie mir bestimmt einen guten Tipp geben, denn ich scheine irgendetwas falsch zu machen." Jetzt lächelte die sonderbare Frau wieder und lehnte sich entspannt zurück.

„Ich habe drei Empfehlungen für Sie als Neu-Single, die ich Ihnen gerne gebe, auch wenn Sie im Moment noch nicht daran glauben. Mein erster Tipp lautet: Bevor Sie den Richtigen finden, müssen Sie sich erst von ihrem Ex entlieben."

„Eigentlich hat er sich doch schon von mir verabschiedet, er hat sich entliebt und das ziemlich schnell."

„Aber sie haben noch nicht gehandelt, sie trauern ihm noch nach. Jetzt müssen sie loslassen und das geht so."

Den Rest flüsterte sie in Steffis Ohr, deren Augen beim Zuhören immer größer wurden. Dass es an so etwas liegen könnte, auf diese Idee wäre sie alleine bestimmt nicht gekommen, überlegte sie gerade und wollte noch einmal nachfragen, aber die alte Dame war verschwunden.

„Sonderbar", murmelte Steffi. „Wie kann man in dem Alter so schnell sein, aber selbst wenn es ein Traum gewesen sein sollte, die Idee ist wirklich gut."

Am nächsten Tag, einem Samstag, nahm sie sich die Zeit, ihre Wohnung genau zu überprüfen. Welche Dinge erinnerten sie im-

mer noch an ihren Ex und ließen sie möglicherweise auf seine
Rückkehr hoffen? Sicher, in der Erinnerung war die Zeit für sie
überwiegend gut gewesen und ihre beiden Söhne würde sie nicht
missen wollen, aber die Kinder waren inzwischen erwachsen und
hatten ein eigenes Leben.

Und die Zeit der Gemeinsamkeit mit Christian war eindeutig vorüber, also war es wirklich Zeit, sich davon zu verabschieden. Auch
von seinen ersten Liebesbriefen, die sie immer noch in einem Käst-
chen hütete. Nachdem sie sie das Päckchen mit der rosa Schleife
mit einem wehmütigen Gefühl herausgenommen hatte, betrachtete
sie die Briefe doch etwas genauer.

Es waren ja nur drei! Mehr war sie ihm offensichtlich nicht wert
gewesen! Und auch der Inhalt schien kümmerlich zusammen ge-
stoppelt oder abgeschrieben zu sein, sie war überrascht, dass ihr das
damals genügt hatte.

Heute würde sie entschieden mehr erwarten! Mit einem leichteren
Gefühl als befürchtet, zündete sie die Briefe in einer Metallschale
auf dem Balkon an und sah nachdenklich dem Rauch hinterher.

Hatte sie sich all die Jahre ein schöneres Bild von ihrer Ehe gemacht, als sie tatsächlich war?

Offensichtlich, denn jetzt mit Abstand fielen ihr einige Situationen
ein, in denen sie sich mehr als einmal über ihren Mann geärgert
hatte. Wie er immer wieder ihren Geburtstag vergaß und dann
schnell einen Blumenstrauß von der nächsten Tankstelle organisier-

te oder wie herablassend er ihre Bitten umging, einige Pflichten im Haushalt zu übernehmen, so als wäre das unter seiner Würde, während er immer erwartete, dass seine Hemden perfekt gebügelt waren. Steffi lächelte bitter. Auch bei der Planung des Familienurlaubs war ihre Meinung kaum gefragt. Christian äußerte seine Wünsche und setzte sie immer wieder durch. Er scheute sich auch nicht, sich mit den Kindern gegen sie zu verbünden und sie hatte das viel zu oft toleriert. Geärgert hatte sie sich erst später, wenn sie alleine war. Sie holte tief Luft und atmete befreit wieder aus.

Das war jetzt alles vorbei! Wollte sie ihn immer noch wieder haben?

Sie überlegte einen kurzen Moment, denn da war noch die Einsamkeit einer leeren Wohnung, aber dann kam ein klares Nein.

Jetzt wollte sie etwas Besseres und das hatte sie auch verdient!

Sie ließ ihre Augen wandern und musterte die dunkelbraunen Balkonstühle, die ihr bei der Aufteilung der Möbel zugefallen waren. Das war auch so eine Sache gewesen, bei der ihre Wünsche überhaupt nicht zählten.

Schon damals, als er sie gekauft hatte, wollte sie sie hell streichen, weil ihr ein maritimer Touch besser gefallen hätte, aber wie immer weigerte sich Christian und bekam natürlich recht. Aber jetzt würde sie genau das machen, was ihr gefiel.

Gleich am Montag kaufte sie Farbe und legte los. Zwei Tage später bewunderte sie die fantastischen Veränderungen gebührend.

Die bequemen Holzstühle strahlten jetzt in hellblau mit dicken Polstern in weiß und navyblau und sie fühlte sich fast wie an ihrem Lieblingsstrand. Das war ihr Werk und diesen Anblick genoss sie ab jetzt jeden Abend.

Bücher von Christian, die sie noch im Regal gefunden hatte, brachte sie zur nächsten Telefonzelle, in der Bücher an interessierte Leser vermittelt wurden. Nachdem sie auch noch die hässliche Schale losgeworden war, die von seiner Großmutter stammte, erinnerte nichts Wichtiges mehr an ihren Ex. Das war jetzt ihre Wohnung und sie fühlte sich irgendwie erleichtert, obwohl ihr vorher diese Altlast gar nicht so bewusst gewesen war.

Das war wirklich ein guter Tipp von der alten Dame! Aber hatte sie nicht von drei Hinweisen gesprochen?

Steffi stöhnte. Und wo bekomme ich jetzt die Fortsetzung her? Ob ich nochmal in den Park gehen sollte?

Am nächsten Tag als sie auf dem Heimweg war, versuchte sie einfach noch einmal ihr Glück und tatsächlich saß die alte Dame wieder neben ihr, kaum dass sie Platz genommen hatte.

Heute trug sie ein fließendes Kleid, das in rosa und violett schimmerte, genau wir die Blumen auf ihrem imposanten Hut. Sie lächelte so, als ob sie tatsächlich schon wieder über alles genau Bescheid wüsste. „Das haben Sie wirklich gut gemacht und die Erleichterung sieht man Ihnen auch an.“

Steffi nickte bestätigend und lehnte sich gespannt auf die Fortsetzung vor. „Ich fühle mich auch gut, aber jetzt würde ich gerne wissen, was als nächstes kommt."

Die Fee, falls es wirklich eine war, lehnte sich wieder bequem zurück. „Und glauben Sie, dass Sie jetzt schon für den Richtigen ein Hauptgewinn sein können oder denken Sie eher so wie einige Pessimisten, dass Frauen über 40 eher vom Blitz getroffen werden, als dem Richtigen zu begegnen?"

Steffi zögerte. Natürlich hatte sie noch die gehässige Bemerkung ihres ersten Dating-Partners im Ohr und sie wusste auch, dass sie sich nicht mit attraktiven blonden Studentinnen vergleichen konnte, das hatte Christian ihr ja ziemlich deutlich gezeigt.

Schließlich waren da noch die Schwangerschaftsstreifen auf ihrem Bauch und die ewigen 5 Kilos zu viel auf ihren Hüften. Sie wäre sicher eine gute Partnerin, aber als Hauptgewinn würde sie sich auf keinen Fall bezeichnen. Obwohl sie noch gar nichts gesagt hatte, wandte sich die alte Dame ihr zu, um sie direkt anzusehen.

„Überlegen Sie sich in den nächsten Tagen gut, womit Sie punkten können, was Sie ausmacht, was Sie wert sind. Erst wenn Ihnen das Selbstbewusstsein aus jedem Knopfloch strahlt, sind Sie bereit für den Richtigen."

Nach dieser kryptischen Aussage war sie verschwunden, ehe Steffi überhaupt eine Frage formulieren konnte. Kopfschüttelnd machte sie sich auf den Heimweg. Waren gute Feen nicht dazu da Wünsche zu erfüllen? Wieso lief es dann bei ihr völlig anders?

Aber obwohl sie das Ganze jetzt lieber vergessen wollte, kamen diese provozierenden Fragen immer wieder zurück, so wie der Juckreiz nach einem Mückenstich.

Was macht mich aus, was sind meine Qualitäten? Womit bin ich bei mir zufrieden?

Am einfachsten erschien ihr, zunächst etwas Äußerliches zu ändern. Ihre Haare waren eigentlich von Natur aus kastanienbraun, aber wegen Christians Vorliebe hatte sie sie immer blond gefärbt, das würde sie garantiert ändern.

Als sie am nächsten Nachmittag aus dem Salon kam, hätte sie sich am liebsten in jeder der wenigen Schaufensterscheiben gespiegelt. Ihre Frisörin hatte den warmen braunen Naturton noch mit einigen hellen Strähnen interessanter gemacht und jetzt schimmerten ihre halblangen Haare in der gleichen Farbe, wie ihre Augen, die schon fast wie früher strahlten.

Am Abend probierte sie einen weiteren Tipp ihrer Frisörin aus, das Gua Sha. Mit einer flachen Scheibe aus Rosenquarz begann sie eine Massage im Gesicht, die nicht nur die Durchblutung anregen, sondern auch Fältchen verschwinden lassen sollte, wie ihr die Frisörin zugeflüstert hatte. Nachdem sie sich danach im Spiegel betrachtete, war sich Steffi nicht mehr ganz sicher.

Lag es an der neuen Haarfarbe, der Frisur oder wirklich an der Rosenquarz-Massage.? Sie sah tatsächlich jünger aus, fast so neugierig auf die Zukunft, wie früher. Die Haut war rosa und gut durchblutet und ihre Augen blitzten unternehmungslustig. Das würde sie jetzt öfter machen!

Als sie wie immer am Sontag mit ihren Söhnen skypte, genoss sie die Reaktion ihres Großen, der als Landarzt in Mecklenburg arbeitete. „Wow, Mum, du siehst fantastisch aus! Du gehst hoffentlich jetzt auch wieder aus. Es gibt da draußen nicht nur Idioten, wie meinen Vater, sondern auch treue Männer. Du wirst bestimmt einen guten finden."

Julian, ihr jüngerer Sohn, der für eine Umweltbehörde tätig war, reagierte dagegen sehr misstrauisch. „Musst du denn alles ändern und vor allem so schnell? Ich finde auch nicht, dass du jetzt schon mit anderen Männern ausgehen solltest. Was ist, wenn sich Dad besinnt und zurückkommen will?"

Steffi überraschte diese Reaktion nicht. Ihr Kleiner war immer ein Vater-Kind gewesen, obwohl der das gar nicht zu schätzen wusste. Deshalb lächelte sie nur gelassen.

„Falls sich dein Dad besinnt, ist das sein Problem. Ich hoffe, dass er immer noch regelmäßige Kontakte zu euch hat, aber meine Tür bleibt geschlossen."

Jeden Morgen, wenn sie sich im Spiegel betrachtete, fühlte sie sich nun nicht mehr wie eine betrogene, verlassene Frau, sondern viel eher wie eine Single-Frau, die sich auf ein neues Leben vorbereitet. Ob das schon ausreichte, um irgendwann wieder Schmetterlinge im Bauch zu spüren oder verlernte man das wie einiges andere auch, zum Beispiel die Beine beim Cancan hoch zu werfen?

Sie beschloss das zu überprüfen und danach nach der Fee Ausschau zu halten. Das mit den Beinen konnte sie vergessen und die Fee vermutlich auch.

Weder auf der üblichen Bank noch im Umfeld war eine Frau zu sehen, die einen auffallenden Blumenhut trug. Nachdem sie das Tulpen-Rondell zweimal umrundet hatte, saß zwar eine Frau in ihrem Alter auf der Bank, aber immer noch keine Fee. Steffi setzte sich trotzdem dazu und sah sich suchend um.

„Warten Sie vielleicht auch auf eine alte Dame mit Blumenhut?"

Bei dieser Frage wandte sie sich überrascht zu der Frau um, die Sportklamotten trug und auch ziemlich trainiert aussah. Sie zögerte noch zu antworten, als die andere nachsetzte.

„Ich weiß, man kommt sich sonderbar vor, wenn man ihr glaubt, aber ob sie nun eine Fee ist oder nicht, bisher hat sie mir gut geholfen."

„Sind Sie auch…", stotterte Steffi, aber die andere unterbrach sie und reichte ihr die Hand.

„Ich bin Hella, seit einem halben Jahr geschieden und dabei, mich fit für die nächste Phase zu machen. Aber vermutlich bin ich noch nicht dort, wo ich sein sollte, sonst wäre die Gute heute hier. In welcher Phase bist du?"

Steffi stockte noch, aber die Wahrscheinlichkeit, dass sie zwei ent-
laufene Patientinnen der Psychiatrie ausgerechnet hier im Park treffen würde, schien doch sehr gering. Also schien die Sache wirklich
und wahrhaftig echt zu sein!

„Ich bin Steffi, ich habe das Entlieben hinter mich gebracht und bin
gerade dabei, mein Selbstbewusstsein aufzubauen."

Die Frau mit der üppigen kupferroten Mähne nickte nur und ließ
dabei die Korkenzieherlocken wippen.

„Also Phase 2. Ich bin in Phase 3, in der man herausfinden muss,
was man sucht."

„Aber ist denn das nicht klar?" Steffis Gesicht war eine einzige
Frage. „Ich suche ganz einfach einen neuen Partner."

„Aber das reicht doch nicht aus." Wieder flogen Hellas Locken
wild um ihr Gesicht, als sie den Kopf schüttelte. „Gehst du in den
Schuhladen und sagst du möchtest Schuhe? Oder überlegst du dir
vorher genau, wie sie sein sollen, weich, angenehm zu tragen, vielleicht dunkelrot oder silbern, schick natürlich auch, zuverlässig
sowieso, sie sollen ja auch nicht gleich auseinanderfallen…"

„Ja klar, jetzt habe ich verstanden." Steffi wurde klar, dass noch
einiges vor ihr lag und wenn sie für die 2.Phase noch nicht genug
getan hatte, konnte Hella ihr vielleicht noch einige Tipps geben.

„Du bist gut trainiert, machst du viel dafür? Ich bin wahrscheinlich
für Sport oder Training überhaupt nicht geeignet, aber etwas

straffer wäre ich schon gerne."

Hella grinste und ließ die Muskeln spielen. „Ich arbeite mit Holz, da braucht man Kraft. Früher habe ich Möbel gebaut, heute mache ich hauptsächlich Skulpturen oder auch mal eine Sonderanfertigung. Aber ich laufe dreimal in der Woche abends an der Laufstrecke am Bahndamm, da sind nicht so viele Leute und es ist auch alles gut ausgeleuchtet. Du kannst dich gerne anschließen, ich habe erst vor kurzem angefangen, also walke ich noch und hoffe, irgendwann mal zum Joggen zu kommen."

„Wenn das meine Söhne hören konnten, dass ich über Sport nachdenke, sie würden glauben, ein Alien habe Besitz von ihrer Mutter ergriffen. Hast du auch Kinder?"

„Ja zwei, sie haben sich jedoch auf die Seite des Vaters geschlagen, er besticht sie auch häufiger mit Geld als ich das tun würde. Ich hoffe immer noch, dass sie das irgendwann erkennen."

„Das tut mir leid." Steffi strich ihr tröstend über die Schultern.„Das macht es doppelt schwer."

Aber Hella winkte ab. „Ich komme damit klar. Mehr Probleme habe ich damit klar zu formulieren, was für einen Partner ich finden will, weil mein Steckbrief jedes Mal viel zu viel Ähnlichkeit mit meinem Ex oder meinem Vater aufweist. Aber vielleicht können wir uns ein wenig austauschen. Eine zweite Meinung ist immer hilfreich."

Steffi stimmte gerne zu und traf sich schon am nächsten Abend mit

Hella an der Laufstrecke, die durch eine schmale Grünanlage entlang des Bahndamms führte und kaum Steigungen aufwies. Erstaunlicherweise fiel ihr das Walking ziemlich leicht, das Tempo war angenehm, so dass sie sich ohne Schwierigkeiten unterhalten konnten. Vieles von dem, was Hella über ihre Phasen erzählte, hatte sie auch schon hinter sich gebracht, aber an manches hatte sie überhaupt noch nicht gedacht.

Als Hella auf dem Rückweg auf ein kleines Spezialgeschäft für Unterwäsche hinwies, in dem sie sich neu ausgestattet hatte, fiel Steffi mit Schrecken ein, dass das in ihren Vorbereitungen überhaupt noch keine Rolle gespielt hatte.

Aber konnte sie sich wie ein Hauptgewinn fühlen, wenn sie sich dem Richtigen, falls sie ihn überhaupt fand, in ihren schon etwas ausgeleierten dunkelweißen Baumwollslips zeigte? Und wann hatte sie sich eigentlich zum letzten Mal einen schicken BH gegönnt? Puh, sie pustete sich die Haare aus dem Gesicht. Da gab es wirklich eine Menge zu bedenken und jede Anregung war wichtig, damit sie sich stark und souverän fühlen konnte.

Als sie am nächsten Abend die neue bezaubernde Unterwäsche einsortierte, die auch bequem war, warf sie noch einen prüfenden Blick in ihren Kleiderschrank. Dann schob sie die Kleider und Zweiteiler nach vorne, von denen sie wusste, dass sie ihr besonders gut standen. Das Etuikleid in Apfelgrün ließ sie immer schlanker wirken und bei dem Zweiteiler in warmem Goldbraun leuchteten ihre Augen viel mehr. Also würde sie solche Sachen häufiger tragen, denn wer konnte schon wissen, wann Mr. Right vor ihr stehen würde? Trotz aller Digitalisierung wurden solche Ereignisse immer noch nicht angekündigt.

Aber wie sollte sie ihn erkennen, wenn sie noch gar nicht wusste, wie er sein sollte! Hella hatte ihr gesagt, sie müsse einen Wunschzettel oder eine Art Steckbrief verfassen.

Steffi krauste die Stirn. Das klang irgendwie peinlich. Als wollte sie sich den Richtigen im Versandhaus bestellen, so wie sich früher einsame Rancher in den USA ihre Bräute geordert hatten.

Andererseits müsste sie aber auch, wenn sie suchte, genau wissen, wie das Fundobjekt sein sollte, sonst würde sie ja den Falschen erwischen. Und das hatte sie schon mal erlebt. Also brauchte sie doch eine Liste.

Sie nahm sich einen besonders schönen Notizblock und setzte sich an den Tisch in der Essecke. „Mein Traumpartner ist…"

Das klang schon mal gut. Also wie sollte er sein?

Treu natürlich, das war wichtig nach ihren schlechten Erfahrungen. Aber wie sonst? Er sollte auf jeden Fall zu ihr passen. Und was genau bedeutete das? Steffi stöhnte. Beschrieb sie möglicherweise etwas, das es gar nicht gab? Also wie würde sich jemand verhalten, der ihr gut gefiel?

Er sollte kein Stockfisch sein, sondern eher humorvoll und gerne gemeinsam mit ihr lachen. Er sollte liebevoll sein, an ihr und ihrem Leben wirklich interessiert, fürsorglich und zuverlässig sein und nicht nur erwarten versorgt oder verwöhnt zu werden.

Sie warf nach dieser Aufzählung einen Blick auf ihre Notizen und schüttelte zweifelnd den Kopf. Wahrscheinlich war das Ganze ein wenig überzogen, denn solche Idealtypen waren entweder schon vergeben oder äußerst schwierig zu finden. Dann aber zuckte sie mit den Schultern.

„Na und, wünschen kann man sich alles." Dann schaute sie nach oben, als ob dort irgendwo im Universum eine wunscherfüllende Instanz säße und wiederholte alle ihre Wünsche noch einmal.

Erst später fiel ihr ein, dass sie sich gar keine Vorstellungen vom Äußeren gemacht hatte. Früher hatte sie lange Zeit für Männer mit dunklen Haaren und blauen Augen geschwärmt, aber heute war ihr das eher unwichtig. Deshalb schickte sie noch eine Äußerung nach oben hinterher. „Wenn er einigermaßen aussieht und auch noch tanzen kann, nehme ich ihn sofort."

Den fertigen Steckbrief verwahrte sie dann in ihrem Schmuckkasten im Schlafzimmer, wo sie bestimmt jeden Tag daran erinnert würde, an der Suche dran zu bleiben.

Am Wochenende kam Hella zum ersten Mal zum Kaffee vorbei. Steffi hatte einen Kuchen gebacken, den sie augenzwinkernd Feenkuchen nannte und mit ihrem besten Geschirr gedeckt. Sie genoss die Begeisterung von Hella über die geschmackvolle Gestaltung ihrer Wohnung und das genießerische Stöhnen über den Kuchen.

„Steffi, der schmeckt so toll. Jeder Mann kann sich glücklich schätzen, wenn er dich abbekommt. Und es ist so gemütlich und behaglich bei dir, mir geht das leider ab. Aber Männern ist das auch nicht so wichtig."

Steffi bezweifelte das, wollte sich aber lieber über ihren Steckbrief unterhalten.

Als sie jedoch Hella einiges vorlas, winkte die nur verächtlich ab.

„Was du dir wünschst, das ist zu schön, um wahr zu sein. Ein solcher Mann wäre ein absolutes Wunder, so etwas Legendäres wie der Stein der Weisen, den man im Mittelalter gesucht hat, um damit Gold zu machen.

Mit der Realität hat das nichts zu tun, Männer haben doch nur die emotionale Intelligenz einer Pflanze. Gut, es gibt vielleicht ein paar, die in der Nahrungskette höher stehen, aber die habe ich noch nicht getroffen."

Steffi war erschüttert. „Das sehe ich nicht so, aber du hast wahrscheinlich einige schlechte Erfahrungen gemacht."

Hella, die richtig wütend geworden war, stand auf und ging zum Fenster, um sich wieder zu beruhigen.

„Mein Vater hat sechsmal geheiratet, er hielt sich vermutlich für ein Geschenk Gottes an die Frauen, für die Kinder hat er sich nie interessiert. Und bei meinem Ex reichen die Gefühle gerade so weit, dass er sein Auto liebt, aber mehr nicht."

„Das tut mir wirklich leid", versicherte Steffi und trat zu ihr. „Aber wenn Männer so schlimm für dich sind, warum suchst du dann überhaupt einen neuen Partner?"

Hella wandte sich um und stöhnte. „Weil ich einfach nicht gut alleine sein kann. Lieber einen Idioten in der Wohnung, als überhaupt niemanden. Aber die Fee findet das sei der falsche Grund. Deshalb komme ich nicht weiter."

„Das sehe ich auch so. Ich will nicht irgendwen, sondern etwas Besseres als vorher und ich denke, das habe ich auch verdient." Steffi zog Hella wieder zum Tisch. „Lass uns doch mal gemeinsam überlegen, ob du nicht auch mal einen tollen Mann kennengelernt hast."

Die schüttelte sofort den Kopf, dass wieder die Locken wippten, überlegte dann aber etwas genauer. „Doch, das gab es jemanden. Joachim, er war mein erster Chef in der Tischlerei. Der war toll, immer geduldig, wenn er die Aufgaben erklärt hat und wenn trotzdem was schiefging, hat er nicht rumgebrüllt, sondern denjenigen wieder aufgebaut."

„Und? Mochte er dich nicht?" Steffi war neugierig etwas näher gerückt.

„Das war es nicht, er hat mich öfter eingeladen, wie waren sogar mal gemeinsam tanzen, auch da war er fantastisch. Aber weil ich wahrscheinlich unter dem Trottelstern geboren bin, habe ich es in den Sand gesetzt. Er war etwas kleiner als ich und mir war es peinlich, mit ihm zusammen gesehen zu werden."

„Wie alt warst du damals, 17 oder 18?"

Hella nickte, während ihr Steffi tröstend über die Schulter strich.

„In dem Alter macht man so etwas Blödes, aber was wäre, wenn du ihn heute wieder treffen würdest?"

Die leuchtenden Augen Hellas sagten Steffi genug.

„Also beschreibst du ihn in deinem Steckbrief. Das wird der Fee bestimmt gefallen."

Hella umarmte sie beim Abschied dankbar. „Es ist wirklich schön eine Freundin zu haben, die mich versteht. Obwohl auch der Kuchen schon die reine Freude war. Versuchen wir morgen nochmal unser Glück im Park?"

Steffi nickte überzeugt. Diesmal würde es klappen.

Und das gute Gefühl verspürte sie auch noch am nächsten Morgen, als sie sich vor dem Spiegel zulächelte. Es ging ihr wirklich gut und sie fühlte sich bereit für eine neue Beziehung mit dem Richtigen. Und wenn sie ihn nicht gleich finden würde?

Na und! Jetzt gefiel ihr das Leben auch so, ein passender Partner wäre nur noch das Sahnehäubchen.

Im Park sah sie Hella schon von weitem, während sie beide ihrer speziellen Bank von unterschiedlichen Richtungen aus zustrebten. Die Bank war anfangs noch leer, aber als beide ankamen, strahlte ihnen die Fee schon entgegen. Heute war ihr fließendes Gewand grün-silbern, genauso wie die Blumen auf ihrem Hut.

Steffi, die inzwischen etwas über Feenfarben gelesen hatte, befürchtete sofort, dass das ihre letzte Begegnung sein könnte.

Aber zunächst sah die Fee alle beide nur mit einem zufriedenen Lächeln an.

„Es ist so schön, dass Sie beide sich getroffen haben, das hat zwar einige kosmische Turbulenzen ausgelöst, aber jetzt ist alles vorbereitet. Ihre Steckbriefe sind bereits angekommen, jetzt kann ich Sie also auf die Suche schicken."

Steffi sah kurz zu Hella, die nur bestätigend nickte, also war jetzt der Wunsch nach dem Richtigen unterwegs.

Die Fee lehnte sich entspannt zurück, während Steffi in Erwartung des dritten. Hinweises, am liebsten ihren Notizblock bereit gehalten hätte.

„Die Liebe sollte nie sich selbst überlassen werden. Wer dabei erfolgreich sein will, muss einiges tun. Haben Sie dafür überhaupt genügend Zeit?"

Steffis Lächeln geriet noch etwas bitter, denn sie bezweifelte, ob es bisher daran gelegen hätte. „Ich gehe zwar regelmäßig arbeiten und möchte mein Labor auch nicht missen, aber wenn ich Feierabend habe, ist dort wirklich Schluss. Und manchmal glaube ich, dass ich augenblicklich viel zu viel Zeit habe, obwohl ich mich in einer Umweltgruppe engagiere und auch regelmäßig in einer Gruppe tanze. Es wäre so schön, wenn man das gemeinsam mit einem Partner machen könnte."

Auch Hella winkte nur ab. „Die Zeit ist wirklich kein Problem."

Die Fee nickte wieder zufrieden. „Dann werden wir konkreter. Wo suchen Sie den Menschen der ihrem Steckbrief entspricht? Das kann entscheidend sein, denn der ist kaum im Angebot zu finden. Nach so einem wertvollen Einzelstück werden Sie regelrecht fahnden müssen."

Steffi lachte, das würde Spaß machen. Sie hatte mal ein halbes Jahr nach einer alten Arzttasche für ihren Großen gesucht und sie auch gefunden. So etwas lag ihr.

„Wenn jemand gut zu mir passen soll, dann hat er vermutlich ähnliche Interessen wie ich. Deshalb fange ich gleich in dieser Woche mit der Suche an. Meine Umweltgruppe nimmt an einer größeren Veranstaltung teil, das könnte eine gute Chance sein, weil in der Gruppe selbst nur Frauen oder Jugendliche sind. Für einen der vielen Arbeitskreise interessiere ich mich besonders. Es geht darum, wie man die Stadt begrünen und grüner machen kann."

„Wenn es da auch um Wald und Holz geht, schließe ich mich sofort an", beeilte sich Hella zu versichern. „Sonst hatte ich eher an Handwerker-Messen gedacht oder auch eine aktive Gruppe, die Waldstücke vom Müll befreit, Bäume pflanzt oder Waldbaden macht."

Die Fee lächelte, nickte zufrieden und reichte jeder eine der silbernen Blumen von ihrem großen Hut.

„Das sind Blüten der Fortuna, sie sind eine Art Wegweiser, der sich bemerkbar macht, wenn Sie der richtigen Person nahe sind. Aber ich bin sicher, Sie werden Ihren Weg schon selbst finden und so glücklich werden, wie Sie es verdienen."

Noch ehe den beiden klar wurde, was die Fee gesagt hatte, war sie schon wieder verschwunden.

„Also an diese rasanten Abgänge kann ich mich überhaupt nicht gewöhnen", grummelte Hella. „Und was ist, wenn es nicht klappt? Kann ich irgendwo reklamieren?"

Aber Steffi lachte nur. „Dann suchen wir einfach weiter. Irgendwann wird es sich lohnen."

Zwei Tage später standen beide vor dem kleinen Veranstaltungszentrum, welches für das Event fast aus allen Nähten platzte. Schon im Außenbereich gab es Gruppen, die lautstark auf ihre Anliegen aufmerksam machten. Innen waren jede Menge Informationsstände und auch ganz besondere Angebote an Snacks und Getränken. Steffi kostete gerade eine Mandelmilch mit Granatapfel, als sie einen intensiven Geruch wahrnahm, vermutlich nach Rosen.

Die Blüte, die sie am Aufschlag ihrer Jacke trug, zitterte plötzlich so eigenartig, dass sich Steffi vorsichtig umsah. Sollte das schon das erwartete Zeichen sein?

Da sah sie einen Mann, der sie ebenso überrascht ansah. Beinahe hätte sie sich verschluckt, denn der Mann war ihr plötzlich so vertraut, als würde sie ihn seit Ewigkeiten kennen und dennoch zum ersten Mal sehen. Ihr Herz begann zu hämmern, während sie seine intensiven Blicke im gesamten Körper spürte. Vermutlich würden sich jetzt sogar ihre Zehennägel vor Überraschung krümmen, wenn sie nicht diese engen Schuhe anhätte.

War er das Ziel ihrer Suche? Er war schlank und hochgewachsen und sah einfach sündhaft gut aus. Bisher hatte sie nie für graugrüne Augen und silberne Schläfen geschwärmt, aber das könnte sich heute ändern oder auch nicht. Sie stellte das Glas zur Seite und riss ihren Blick von ihm los. Bei ihrem Pech und angesichts der Tatsache, dass das Universum seine Gaben einigermaßen gerecht verteilte, konnte er bei diesem Aussehen nur den IQ eines Baumstammes haben. Schade!

Trotzdem wäre es interessant, genau das herauszufinden. Sie dachte noch darüber nach, als Hella sie plötzlich schützend vor sich zog.

„Das gibt es doch nicht! Erde tu dich auf, ich muss verschwinden!"

Steffi grinste amüsiert, denn Hella krümmte sich hinter ihr regelrecht zusammen.

„Was hast du denn? Du schaust, als hättest du einen Geist gesehen."

„Nein, aber so etwas Ähnliches."

Ehe Steffi weiter fragen konnte, kam ein Mann freudestrahlend auf sie zu. „Hella, bist du es wirklich? Du kannst dir nicht vorstellen, wie lange ich dich gesucht habe."

Die stand immer noch halb hinter Steffi verborgen. „Dass du mich überhaupt wiedererkannt hast."

„Aber ich bitte dich, du bist noch genauso hübsch wie damals. Ich muss dich unbedingt etwas fragen."

Und ehe sich Steffi das Ganze zusammenreimen konnte, war Hella mit dem Mann verschwunden, der offensichtlich gewachsen sein musste. Denn in Steffis Augen waren beide gleichgroß. Zurück blieb nur ein ähnlich intensiver Rosenduft, wie bei ihr vor wenigen Minuten.

„Bitte entschuldigen Sie, dass ich sie gleich mitnehme, aber auf diese Frau warte ich seit langem", hatte er Steffi zugerufen und von Hella hörte sie nur noch:„Ich rufe dich an."

„Wow", murmelte Steffi. „Das war ja eine Eilzustellung, hoffentlich klappt es bei mir auch so schnell."

Sie sah sich noch suchend um, als ein gut aussehender Mann zu ihr trat und sich nach ihrem Arbeitskreis erkundigte. Er schien an mehr als dieser Auskunft interessiert zu sein und hatte wunderschöne Schokoladenaugen, aber die Blüte reagierte überhaupt nicht. Steffi atmete auf, gar nicht schlecht so ein Radar für Mr. Right, also wimmelte sie den Mann höflich, aber direkt ab.

Jetzt da sie wieder alleine war, ging sie sofort zu ihrem Arbeitskreis, wo sie die nächste Überraschung erlebte. Der Redner, der mit großer Begeisterung viele Möglichkeiten zeigte, nicht nur Balkons,

Wände und Dächer, sondern auch unübliche Stellen, wie Treppengeländer, Mauern und Zäune zu begrünen, um damit eine bessere Luftqualität, die Verringerung des Lärmpegels und vieles andere zu ermöglichen, erwies sich als der Mann aus dem Vorraum.

Steffi hätte am liebsten aufgestöhnt, also einen Super-IQ hatte er auch noch! Dennoch ließ sie das nicht an ihren Chancen zweifeln, schließlich war sie der Hauptgewinn für den richtigen Mann.

Obwohl sie gut zuhörte und sich auch Notizen machte, wanderten ihre Gedanken immer wieder völlig andere Wege. Ein Ring war an seiner Hand nicht zu sehen, aber das musste noch nichts bedeuten. Claus hieß er, Dr. Claus Berg und er schien ihr Interesse zu spüren oder hatte er auch eigene Absichten? Immer öfter blieb sein intensiver Blick bei ihr hängen und manchmal hatte sie das Gefühl, dass jetzt mit ihrem Verstand etwas nicht mehr stimmte.

Es sei denn, der saß neuerdings tief unten in ihrem Bauch und jagte knisternde Erregung durch ihren ganzen Körper. Früher wäre sie viel zu schüchtern gewesen, um seine aufregenden Blicke zu erwidern, aber heute fand sie das völlig normal und genoss die kribbelnde Vorfreude auf später.

Als sie nach Abschluss seines Vortrags mit den anderen Beifall klatschte, war sie sich doch etwas unsicher. Sollte sie ihn einfach ansprechen? Aber da war schon ein ganzer Pulk von Organisatoren, die ihn zur nächsten Aktion zogen. Er war fast an der Tür, als er sich noch einmal umwandte und direkt auf sie zukam.

Steffi wurde der Mund trocken und ihr Herz geriet völlig außer Takt, als er seine Karte vor ihr auf den Tisch legte und mit dieser tiefen sonoren Stimme sagte. „Ich würde mich wirklich sehr freuen. Ich bin Claus."

Und ich bin sprachlos. Steffi nickte nur, mehr war nicht möglich, da hatte man ihn schon weitergeschoben. Sie holte tief Luft, ignorierte die neugierigen Blicke der Umstehenden und schaute vorsichtig, was auf der Visitenkarte stand.

„Hätten Sie Lust, mit mir einen Kaffee zu trinken? 18.00 Uhr im Café gegenüber oder doch lieber die Tanzbar im Obergeschoss?" Puh, sie stieß die Luft wieder aus und versuchte sich etwas zu entspannen. War das jetzt die Eilzustellung der Fee? Begann jetzt ihre Fahndung oder hatte sie ihr wertvolles Einzelstück schon getroffen? Natürlich konnte sich auch diese Bekanntschaft als ein Fehlschlag erweisen, aber eigentlich war sich Steffi schon ziemlich sicher. Seit sie die alte Dame mit dem Blumenhut getroffen hatte, war ihr Leben auf eine wunderbare Weise verwandelt worden. Sie lächelte und begann sich nun wirklich auf dieses Treffen und auf die Zukunft zu freuen.

Was wiegt schwerer?

„Der Alte hat doch echt einen an der Waffel!" Alina Richter kickte wütend jeden Stein von sich, der ihr im Weg lag und das waren einige, weil sie durch die Gartensiedlung stürmte, die keine befestigte Straße hatte.

Eigentlich machte sie so etwas sonst nicht, aber heute wusste sie nicht wohin mit ihrer Wut. Sie hatte keinen Blick für die weiß-rosa Pracht der blühenden Bäume, die rechts und links den Weg säumten. Auch der blaue Himmel, über den nur einige Wölkchen segelten und die ersten wirklich warmen Sonnenstrahlen nach einigen sehr kühlen Frühlingstagen, interessierten sie kaum.

In ihr brodelte es gefährlich. Seit sie sich erinnern konnte, hatte man sie beschimpft, verspottet und gemobbt und alles nur, weil sie kein zartes Pflänzchen war, wie ihre Schwester Amelie und auch kein Hungerhaken, wie ihre Mutter.

Sie sah eigentlich nicht schlecht aus. Ihr gefielen ihre Haare, die so schwarz waren, dass sie fast bläulich schimmerten. Sie waren auch dicht und fest und dass sie sich nicht lockten, war offensichtlich der Tatsache geschuldet, dass man nie alles haben konnte. Auch ihre Augen hatten eine interessante Farbe zwischen blau und grün, umsäumt von dichten dunklen Wimpern. Auf diese Dinge war sie auch immer sehr stolz gewesen, nur der vorstehende Bauch störte sie schon sehr lange.

Nach außen hatte sie sich schon früh einen Panzer zugelegt und sich eher als eine starke Frau sehen wollen. Seit sie auch etwas gewachsen war, hatte keiner mehr gewagt, sie zu verhöhnen, denn jetzt wusste sie sich zu wehren.

Sie seufzte, natürlich kam ihr auch keiner zu nahe oder nahe genug, um eine wirkliche Beziehung zu haben. Denn die hätte sie gerne gehabt, natürlich nur mit einem Mann, der wirklich zu ihr passte. Den gab es bestimmt irgendwo, in ihren Romanen traf man die passenden Typen ständig, aber bei ihr war das leider bisher nicht der Fall oder brauchte ein mittelschweres Wunder.

Lange Zeit hätte sie gar nicht gewagt, von so etwas auch nur zu träumen, aber seit sie Mitglied bei den „*Bauchfrauen*" war, hatte sie viel mehr Selbstbewusstsein. Dort hatte sie gelernt grundlegend anders zu denken und jetzt wusste sie genau, was bisher falsch gelaufen war und in ihrem Umfeld immer noch falsch lief. Jetzt hatte sie die richtige Orientierung.

„Wenn wir uns immer wieder sagen, dicke Menschen sind hässlich, faul und verfressen und nur schlanke Menschen sind attraktiv, erfolgreich und dynamisch, dann ist das falsch." Das hatte ihr die Frau, die in der Gruppe ihre Schwester war, fast schon eingehämmert. „Du musst dauerhaft freundlich mit deinem Körper umgehen und ihn immer akzeptieren, egal, wie er gerade ist, denn alle Körper sind wertvoll."

Das hatte Alina gefallen, auch wenn sie das beim Blick in den

Spiegel und auf ihren Bauch nicht so recht glauben konnte.

Aber nach all der Häme hatte ihr das gut getan, das ging ihr runter wie Öl, hätte ihr Vater gesagt.

Sie seufzte wieder. Immer wenn sie an ihren Vater dachte, spürte sie wieder den scharfen Schmerz des Verlustes. Er hatte sie immer verstanden und sich besonders gefreut, wenn sie ordentlich und kräftig aß und sie nie so kritisch angesehen, wie ihre Mutter es tat, wenn sie auch nach der zweiten Portion noch nicht satt war.

Außerdem waren die „*Bauchfrauen*" fast alle noch runder, als sie und in dieser Gemeinschaft fühlte sich Alina sicher und geschützt und manchmal auch etwas mutiger.

Deshalb hatte sie in der Firma ganz souverän klargemacht, was *Body Positivity* bedeutet, als der verantwortliche Mitarbeiter schon wieder ihren defekten Bürostuhl austauschen musste und meinte, sie sollte endlich mal ein wenig abnehmen.

„Das Körpergewicht eines Menschen geht niemanden etwas an und Bemerkungen darüber verbieten sich selbstverständlich, das ist diskriminierend!"

Der Mitarbeiter hatte danach sofort den Kopf eingezogen und sie hatte sich toll gefühlt.

Aber interessierte das diesen Arzt? „Du hast ein metabolisches Syndrom", hatte er gesagt und sorgenvoll seinen Kopf mit den spärlichen weißen Haaren gewiegt. Gerade als sie widersprechen wollte, hatte er noch einmal betont. „Es geht nicht um deine Figur, sondern ausschließlich um deine Gesundheit.

Das Schlimmste ist dein starkes bauchbetontes Übergewicht. Auch wenn du dich geweigert hast, auf die Waage zu steigen, Frau Müller hat deine Taille gemessen. Du hast 122 cm um die Taille. Wenn der Taillenumfang aber mehr als die Hälfte der Körpergröße beträgt, wird es gefährlich. Wie groß bist du?"

„1,73", murmelte Alina und wäre jetzt gerne etwas größer gewesen.

„Da haben wir es. Deine Taille sollte 86,5 cm haben, ich wäre schon mit 88 cm zufrieden, denn da ist noch mehr, was mit Sorge macht. Deine Blutfettwerte sind entschieden zu hoch, dafür ist das günstige HDL-Cholesterin zu niedrig. Und bei deinem Blutdruck, muss sich dein Körper wie ein Dampfkessel fühlen, kurz bevor alles explodiert. Alina, du musst unbedingt abnehmen, sonst droht dir ein Schlaganfall oder Schlimmeres."

Eigentlich ging sie gern zu Dr. Kessler wenn sie ein Problem hatte, weil er sie schon als Kind kannte und sogar auf die Welt geholt hatte. Und dieser Druck im Kopf war wirklich manchmal unangenehm und musste tatsächlich etwas Krankhaftes sein.

Sie hatte erwartet, er würde ihr einfach Tabletten verordnen, aber er sprach nur vom Abnehmen. Er meinte es bestimmt gut mit ihr, vor allem, wenn er in diesem väterlichen Ton sprach. Aber er war eben auch schon alt und kannte sich nicht so gut mit den neuen Entwicklungen aus, wie *Body Positivity*.

Vielleicht würde er seine Meinung ändern, wenn sie ihm diese

Grundeinstellung einmal genau erklären würde. Sie atmete wieder auf, wurde etwas ruhiger und bemerkte erstaunt, dass sich der unangenehme Druck im Kopf etwas löste. In vier Wochen sollte sie wiederkommen, dann würde sie ihm die neuen Trends gründlich erklären und dann wäre alles wieder in Ordnung.

Da traf sie ein neuer Zweifel. Aber wenn Dr. Kessler damit wirklich recht hätte, dass in ihrem Körper so viel Druck war, dass etwas platzen konnte?

Sie blieb geschockt stehen. Sterben wollte sie auf keinen Fall, sie war doch erst 26 und hatte ja noch nicht richtig gelebt. Sie hatte so vieles noch nicht gesehen, dass sie aus dem Stand eine Liste der Städte und Länder hätte aufsagen können, die sie alle noch unbedingt besuchen wollte.

Und sie hatte die wirklich große Liebe noch nicht erlebt. Es gab etwas peinlichen Sex, der den Namen nicht verdiente und ein paar Männer in ihrer Vergangenheit, die bei Tag nicht mit ihr gesehen werden wollten. Also nichts was dem entsprach, worüber sie in ihren Romanen gelesen hatte.

Und eigentlich wollte sie noch so viel im Leben erreichen, irgendetwas tun, was wirklich wichtig war. Sie hätte so gerne in einem Ferien-Hotel gearbeitet, wo sie sich um Menschen hätte kümmern können, aber schon die Lehre in diesem Bereich hatte nicht geklappt, *weil sie den körperlichen Anforderungen dieses Berufes nicht gerecht werden könnte.* So hatte man damals die Ablehnung formuliert. Als ob sie auf diesem Gebiet eingeschränkt gewesen wäre, sie war stärker als viele andere Frauen. Nur häufiges Bücken wäre wegen des Bauches unangenehm geworden, aber wer brauchte schon ständiges Bücken!

Jetzt hatte sie nur diese langweilige Arbeit in einer Buchhaltung, wo nie etwas Aufregendes passierte. Aber zum Glück gab es die „Bauchfrauen", die sie immer aufmunterten und eine neue Wohnung, aus der sie etwas ganz Tolles machen wollte. Diese Gedanken erfreuten sie wieder.

Sollte sich Doktor Kessler seine Theorie über das metabolische Syndrom und den Bauchumfang sonstwohin stecken. Sie sah sich etwas munterer um. Dennoch war es wie verhext, überall wohin sie heute schaute, sah sie nur schlanke Menschen. Das konnte eigentlich nicht sein, denn sie wusste genau, dass die deutschen Frauen mit ihrem Gewicht an der Spitze Europas standen.

Solche Fakten halfen ihr immer, irgendwelche gehässigen Bemerkungen zu kontern. Schließlich gehörte nur sie zu einer großen repräsentativen Gruppe und die anderen, die Schlanken, waren in der Minderheit!

Aber heute irgendwie nicht. Natürlich gefielen ihr insgeheim die gut proportionierten Frauen auch besser, als solche, die sich mittlerweile jenseits der Größe 56 in wallenden Gewändern versteckten, aber zu so viel Ehrlichkeit war sie nicht immer bereit.

Sie hatte noch eine weite Strecke zu ihrer neuen Wohnung zu

gehen, war aber jetzt schon müde. Ob dieses Fett in ihrem Blut schuld daran war, das sie so kurzatmig wurde?

Die nächste Bank ist meine, dachte sie noch, als wie gewünscht tatsächlich eine auftauchte. Jetzt noch einen Kaffee und ein Stück Obstkuchen mit extra Sahne, dachte sie sehnsüchtig, als sie sich auf die Bank sinken ließ. Dabei fiel das Buch, das ihr die jüngere Sprechstundenhelferin mit guten Wünschen in die Hand gedrückt hatte, aus ihrem Beutel. Sie schaute es neugierig an, resignierte aber schon bei dem Titel „*3 kleine Schritte zur Leichtigkeit*".

Das klang gut, aber Alina blieb skeptisch, schließlich hatte sie schon einige Diätbücher gelesen, die alle ganz schnell eine Abnahme von 10 oder 20 Kilogramm versprachen. Damals, als sie ihren Körper noch bekämpfte und trotz aller Entbehrungen ganz schnell jedes verlorene Pfund wieder zunahm. Es muss wohl mein Schicksal sein, dachte sie jedesmal fast ergeben. Die Kilos verfolgen mich, wie ein Schwarm Mücken, kaum bin ich eins los, sind schon wieder andere da.

Damals hatte sie angefangen zu rauchen, weil ihre Kolleginnen in der Buchhaltung darauf schworen, nur wegen der Figur zu rauchen. Bei ihr aber schien das völlig anders zu wirken. Kurze Zeit hatte sie weniger Appetit verspürt, aber dann bekam sie einen unangenehmen Husten und hörte wieder mit dem Rauchen auf. Der Appetit kam zurück und brachte einige Kilos zusätzlich auf ihren sowieso schon gut bestückten Körper. Alina hätte nicht sagen können, was

davon schlimmer war. Die Zigaretten hatten ihre Lungenflügel bestimmt erheblich geschwärzt, aber wer sah dass schon. Jedoch die 5
Kilo zusätzlich auf den Hüften und besonders am Bauch, die sah
jeder sofort. Und mit Sicherheit würde auch dieses Buch keine Ge-
heimtipps enthalten! Dennoch schlug sie es neugierig auf und ver-
tiefte sich in die ersten Seiten.

„Du bist nicht schuld an deinem Übergewicht." Na, endlich sieht
das Mal jemand realistisch. Ihr war das schon immer klar.

*„Dicke sind nicht generell faul oder selbst schuld an ihren Kilos,
die Schuld liegt eher bei der heutigen Lebensweise, der Industrie-
nahrung, dem Bewegungsmangel und den ständigen Verlockungen
zu zugreifen, wenn Essen da ist."*

Genau richtig! Alina hätte dem Autor am liebsten anerkennend
die Hand geschüttelt. So ist es!

Als sie noch einen Moment darüber nachdachte, kamen ihr doch
einige Zweifel. Wenn es wirklich so wäre, wieso gab es dann Dicke
und Schlanke und nicht nur Dicke? Wenn die Gegebenheiten für
alle gleich waren, was machten dann die Schlanken anders?

Die schienen ein Geheimnis zu hüten und ließen die anderen nicht
teilhaben. Oder?

Also las sie weiter. Höchst ungern, wie sie feststellte, denn jetzt
ging es um das Bauchfett, das auch Dr. Kessler schon kritisiert
hatte. Fettdepots an den Oberschenkeln, am Po und am Busen,
würden vielleicht nicht jede Frau erfreuen, wären aber nicht

krankmachend. Das Bauchfett aber schon! Das hörte sie jetzt zum zweiten Mal und so langsam hielt sie das auch für bedenklich, obwohl, wenn sie sich in die Bauchdecke kniff, da war gar nicht so viel. Hintenherum hatte sie entschieden mehr, aber das hatte Jennifer Lopez auch und da sah es toll aus. Bei ihr stand eigentlich nur der Bauch etwas zu weit vor. Mal sehen, was der Verfasser dazu sagte.

„Besonders gefährlich ist das Fett, was lange Zeit im Inneren des Körpers gewachsen ist, bevor man es äußerlich überhaupt wahrnimmt. Es produziert Botenstoffe, die überall im Körper Entzündungen hervorrufen und fördern können."

So ein Mist, dachte Alina. Genauso ist das offensichtlich bei mir. Und die Möglichkeit von Herzinfarkt und Schlaganfall, hatte ihr der Arzt auch schon angedroht. Aber das war noch nicht alles. Nach dem, was in diesem Buch stand, hatte sie einen neuen mächtigen Feind, den sie lange Jahre genährt und gehütet hatte, das Bauchfett! Denn da stand schwarz auf weiß:

„Das Bauchfett macht dich gierig! Es sorgt über einen erhöhten Insulinspiegel dafür, dass das Gehirn taub wird für wichtige Signale. Normalerweise meldet das Hormon Leptin die Botschaft -Ich bin satt- an das Gehirn. Das weiß dann: Die Speicher sind voll, nichts geht mehr. Aber wenn dieses Signal nicht ankommt, isst du einfach weiter, ohne jemals satt zu werden".

Das hörte sich an wie eine Verschwörung, wie ein Fluch, von dem

man nie erlöst werden kann. Weil ich dick bin, werde ich zwangs-
läufig immer dicker! Das ist so ungerecht, vor allem weil das kaum
jemand versteht und überhaupt nicht nachfühlen kann, wie wir lei-
den.

Aber was ist mit diesem Leptin? Wo kriegt man das her? Wenn
man davon die doppelte Menge hätte, dann müsste das Gehirn doch
darauf hören. Das könnte doch eine ganz bequeme Lösung sein!

Alina atmete auf. Dr. Kessler könnte mir dieses Hormon verordnen
und sich dann zu Recht über bessere Blutwerte freuen. Sie schaute
im Anhang nach, ob es Bezugsadressen gäbe, aber da war nichts.
Enttäuscht packte sie das Buch wieder in ihren Beutel. Immer wenn
man denkt, eine Sache wird leichter, kommt es umso dicker!

Das ließ sie wieder an die Bemerkungen von Dr. Kessler denken
und sie verzog missmutig den Mund, bevor sie sich auf den Heimweg machte und durchhielt, bis sie das Haus sehen konnte, in dem
ihr neues Zuhause war.

Ihre erste eigene Wohnung war ein Schnäppchen gewesen, weil
niemand dort einziehen wollte. Sie lag in einem Siedlungsgebiet
vor der Stadt und vielen war der Weg zur Innenstadt zu weit. Außerdem waren die große Wohnküche und das Schlafzimmer in einem Zustand, den die meisten unbewohnbar nennen würden, aber
Alina war fest entschlossen gewesen aus ihrer WG auszuziehen, in
der sie ständig verdächtigt wurde, zu viel zu essen oder für das

Verschwinden von Essen verantwortlich zu sein. Diese Verdächtigungen hatte sie immer als besonders gemein empfunden.

Gut, einmal hatte sie sich einen Muffin genommen, der jemand anderem gehörte. Aber nur, weil der sie regelrecht angebettelt hatte, so appetitlich, wie er duftete.

Damals glaubte sie noch an die Lehre, dass Kalorien, die man sich alleine und unbeobachtet zuführte, nicht ansetzen würden. Auch das war wie vieles in ihrem Leben, ein Irrtum gewesen. Dennoch wollte sie unbedingt aus der WG weg und achtete deshalb kaum auf den wirklich abgewohnten Zustand. Ihr war nur wichtig, endlich einen oder zwei Räume für sich zu haben. Und dass die Wohnung im Erdgeschoss lag und zu ihr ein kleiner Garten gehörte, war aus ihrer Sicht ein riesiger Pluspunkt. Gleich nachdem der Mietvertrag unterschrieben war, hatte sie ihre Sachen gepackt und war eingezogen. Bis jetzt schlief sie noch in ihrem Schlafsack auf dem Boden, weil es kaum Möbel gab, aber immerhin hatte sie schon die große Grundreinigung geschafft. Darüber freute sie sich jeden Tag, wenn sie nach Hause kam.

Alle Fenster waren blitzsauber, das Bad war zwar alt, funktionierte aber und in der Küche hatte sie den Elektroherd und die Spüle wieder richtig blank bekommen. Natürlich hatte das enorm viel Zeit in Anspruch genommen, weil sie bei dieser ungewohnten Tätigkeit doch recht kurzatmig war. Aber das lag sicher an ihrer Lunge, vielleicht war die auch nicht mehr in Ordnung?

Da hatte Dr. Kessler natürlich nicht nachgesehen und nur über das Gewicht geredet. Aber immerhin hatte sie bereits eine Wand in der zukünftigen Küche in ihrer Lieblingsfarbe gelb gestrichen. Jedesmal, wenn sie diesen Raum betrat fühlte es sich super gut an, endlich ein eigenes Reich zu haben, endlich einen Platz, an dem sie keiner störte oder anmotzte.

Als sie jetzt ihre Tasche abgelegt hatte und in die Küche kam, fühlte sie sich gleich wieder besser. Dennoch fiel ihr auch alles auf, was noch fehlte. Für eine richtige Wohnküche brauchte sie einen großen Tisch, an den sie auch Freunde einladen könnte, falls sie welche fand, und natürlich Stühle und unbedingt einen Kühlschrank. Solange sie keine Kühlmöglichkeit hatte, nutzte sie eine Plastikbox, die sie im Garten in die Erde eingegraben hatte. Damit blieb auch alles kühl und frisch, aber natürlich nicht mehr wenn es in ein paar Wochen Sommer wurde.

Deshalb hatte sie im Netz einen gebrauchten Kühlschrank geordert, der in der nächsten Woche abzuholen war. Dafür hatte sie sich mit Jonas aus ihrer früheren WG vereinbart, der mit ihr gemeinsam den Kühlschrank und gleichzeitig einen gut erhaltenen Holztisch und Stühle von einer Kollegin abholen würde.

Jonas war der einzige ihrer bisherigen WG, mit dem sie weiter Kontakt gehalten hatte, weil er sie schon damals häufig unterstützt hatte. Er war auch etwas stärker gebaut und trainierte schon jahrelang Gewichtheben. Von ihm hatte sie nie irgendwelche gehässigen

Bemerkungen gehört, aber leider auch kein näheres Interesse an sich selbst feststellen können. Obwohl das wirklich schade war, denn er würde ziemlich gut zu ihr passen. Er war auch ruhig, mochte sogar romantische Filme und sah mit seinen braunen Locken und den grünen Augen richtig gut aus. Sie seufzte wieder. Es war schon sehr nett, dass er ihr mit dem Kleinlaster seines Vaters half und von mehr musste sie halt träumen und auf ein Wunder hoffen.

Hier muss es auch noch wohnlicher werden, dachte sie als sie das Schlafzimmer betrat. Da gab es nur ihren Schlafsack und eine Hakenleiste, an der sie ihre Kleidung aufbewahrte.

Solange sie nicht mehr Geld gespart hatte, würde ein großes bequemes Bett leider noch ein Wunschtraum bleiben. Aber sie wusste schon genau, wie es aussehen sollte, denn es musste unbedingt genügend Platz für zwei haben. Sie lächelte über ihre Wünsche, während sie die schmale Tür öffnete, die vom künftigen Schlafzimmer in den kleinen Garten führte. Da musste sie auch noch einiges anpflanzen, bisher hatte sie ein großes Beet für Gemüse umgegraben. Beim zweiten musste sie abbrechen, denn sobald sie außer Atem geriet, wurde ihr schwindlig und sie musste sich setzen. Ob das schon das Alter war?

Nein, flüsterte eine innere Stimme hämisch. Das ist dein Bauchfett! Alina hätte am liebsten laut protestiert, aber gerade wehte ein böiger Frühlingswind aus dem Nachbargarten, fuhr durch ihre Haare und überzog ihren Kopf und die fast leere Rasenfläche mit unzähligen rosaroten und weißen Blüten von den Obstbäumen. Nach diesem Blütenschauer sah ihr Garten wie verzaubert aus und sie fühlte sich angenehm überrascht, als hätte Fortuna ihr Füllhorn über sie gekehrt, wie in der wunderschönen Fantasy-Geschichte von Elva, die sie gelesen hatte.

Müsste jetzt nicht auch ein Wunder geschehen? Sie blickte suchend nach oben. Und wo ist mein Wunder?

Da hörte sie ein Winseln. Sie schaute sich suchend nach einem verletzten Tier um, da sah sie den Hund, der wahrhaftig nicht zu den Schönsten gehörte, obwohl die Blüten auch seinen Kopf zierten.

Eine Rasse war nicht festzustellen, es sah eher so aus, als sei er aus der Erbmasse vieler Hunde entstanden. Sein schwarzbraun geflecktes Fell war mehr als ungepflegt, er schien auch einige Wunden am Körper zu haben und war garantiert unterernährt.

Sie trat vorsichtig etwas näher, aber der Hund duckte sich nur noch tiefer unter eine Hecke, als wollte er sich unsichtbar machen. Er sah sie aber mit dem gleichen flehenden Blick an wie der Hund, den sie als Kind bei ihrer Großmutter gekannt hatte. Moritz war ein ziemlich großer schottischer Schäferhund gewesen mit schwarzem gelocktem Fell, der vielen Angst einjagte, aber eigentlich ein Feigling war und selbst beschützt werden musste. Aber immer, wenn sie dort ihre Ferien verbracht hatte, war Moritz ihr bester Freund gewesen und ihr auf Schritt und Tritt gefolgt. Sie überlegte, dem Hund musste geholfen werden und er brauchte vor allem etwas zu essen. Aber ob er das von ihr annehmen würde, da war sie sich nicht sicher. Sie konnte auch niemanden fragen, der mehr Ahnung von Tieren hatte, also ging sie zu ihrem Behelfskühlschrank und zog zwei Buletten heraus, die nicht so stark gewürzt waren. Die teilte sie in kleine Stücke und legte damit eine Spur vom Garten zur Tür, die ins Zimmer führte.

Dann blieb sie hinter der Scheibe stehen, um den Hund zu beobachten, der sehr vorsichtig und sehr langsam immer näher kam, aber auch bereit war, sofort wieder zurück zu weichen.

Ein wenig mühsam hockte sie sich auf die Türschwelle und wartete. „Komm Moritz", lockte sie den Hund, der die Buletten gierig verschlang und wirklich näher kam. Er schreckte auch nicht zurück als er ganz nahe war und schnupperte neugierig an ihrer Hand.

„Hier passiert dir nichts, du kannst ganz ruhig sein. Aber wenn ich deine Wunden verarzten soll, muss ich dich vorher baden, du riechst, als hättest du ein Stinktier umarmt. Was hältst du vom Baden?"

Moritz äußerte sich nicht, drängte sich aber an ihre Beine und zitterte noch ein wenig. Schnaufend erhob sie sich und trug den Hund in ihr sauberes Badezimmer. Hinterher war nicht ganz klar, wer gebadet werden sollte, denn nass waren beide.

Außerdem stellte sie dabei fest, dass es kein Moritz, sondern eine Hündin war, also wandelte sie den Namen, auf den der Hund bereits reagiert hatte, in Mori ab.

Nachdem sie das Fell trocken geföhnt und einige Risswunden ver-
arztet hatte, legte sich die Hündin zufrieden auf eine alte Decke und
schlief gleich ein. Auch Alina war so erschöpft, dass sie gleich
schlafen ging. Erst an nächsten Morgen bemerkte sie, dass sie das
Abendessen vergessen hatte. Das war ihr ja noch nie passiert!

Am nächsten Tag brachte sie nach der Arbeit Hundefutter, eine
Leine für Mori und die bestellte Arznei für die Nachbarin mit.
Frau Schreiner war schon weit über Achtzig und gehbehindert, aber
immer noch fix im Kopf, wie sie betonte. Dafür dass Alina die Me-
dikamente mitbrachte, steckte ihr Frau Schreiner zwei Bund Radieschen zu. „Die sind aus meinem Frühbeet und schmecken prima.
Ich kann sie leider nicht mehr so gut kauen, aber Sie sind ja noch
jung."
Alina schmeckten sie auch, irgendwie besser und auf jeden Fall
anders, als das was sie aus dem Laden kannte.
Und seitdem entwickelte sich eine eigenartige Essensteilung, die
ihnen beiden ganz normal erschien. Mori bekam neben dem Hundefutter meist eine extra Scheibe Wurst und Alina aß ihr Brot mit
Frischkäse und Radieschen, Gurken, Petersilie, Bärlauch und anderen Sachen, die sie früher nie gekostet hätte.
Jeden Abend machte sie mit Mori einen langen Spaziergang, bei
dem die kleine Hündin sich als ein richtiger Wildfang zeigte. Sobald sie von der Leine war, raste sie weit voraus, als ob sie Alina zu

einem Wettrennen auffordern wollte. Die mühte sich redlich, aber Mori war schneller. Erst wenn Alina dann völlig erschöpft war und schrie: „Bleib stehen, du kleiner Racker!"

Dann spazierte die kleine Hündin ganz gelassen zurück, als wollte sie sagen: *Kannst du nicht oder willst du nicht schneller sein?* Manchmal brachte das Alina doch etwas in Rage und sie gab sich mehr Mühe, die kleine Hündin zu fangen, schaffte es selten, hielt aber doch schon längere Touren durch.

Bei den „*Bauchfrauen*" war sie schon seit einiger Zeit nicht mehr gewesen, nicht weil sie mit ihnen haderte, sondern weil sie einfach keine Zeit hatte. Da war Mori, für die sie sich viel Zeit nahm und da war die nie endende Arbeit in der Wohnung. Außerdem brauchte sie auch die Hilfe oder Anerkennung der „*Bauchfrauen*" nicht mehr so dringend. Sie fühlte sich im Reinen mit sich. Sie hatte zwar immer noch keine Waage und wollte auch ihren Bauchumfang gar nicht wissen, aber sie fühlte sich besser und schaffte viel mehr. Und das konnte nur bedeuten, dass ihr Körper mit einigen Dingen, die tat, ziemlich einverstanden war.

Auch in der Wohnung ging es voran. Die Küche war schon bis auf die Möbel fertig, als sie sich in der nächsten Woche mit Jonas in der Innenstadt traf. Sie hatte sich mit ihrem Out fit etwas mehr Mühe gegeben, obwohl ihre Jeans nicht mehr so gut passten. Wer hätte gedacht, dass Denim-Stoff auch ausleiern konnte?

Er betrachtete sie forschend von der Seite und wenn sie den Blick richtig interpretierte, war der anerkennend.

„Du siehst irgendwie anders aus. Zufriedener? Glücklicher? Ich bin schon ganz gespannt auf deine Wohnung."

„Ich habe nicht nur eine neue Wohnung", lachte sie und strich sich fast kokett die Haare zurück. „Da ist noch jemand, den du nicht kennst."

Erstaunt stellte sie fest, dass er enttäuscht schien. Nachdem sie den Kühlschrank abgeholt und die Möbel für die Küche gemeinsam aufgeladen hatte, schwieg er fast die gesamte Zeit, bis sie zum Haus im Siedlungsgebiet kamen. Auch nachdem Alina unterwegs anhalten wollte, um eine Pizza mitzunehmen, sprach er nur wenig. Als er am Haus hielt, sah es fast so aus, als ob er am liebsten abladen und sofort wieder umdrehen wollte. Alina fühlte sich ein wenig hilflos, aber sie war kaum ausgestiegen, als Mori schon auf sie zuschoss, fröhlich bellte und an ihr hochsprang, als sei sie jahrelang verschollen gewesen.

„Darf ich vorstellen, das ist meine neue Mitbewohnerin, Mori." Gespannt beobachtete sie, wie sich seine Miene wieder deutlich aufhellte. Das war wirklich höchst interessant! Als sie die Möbel gemeinsam eingeräumt und etwas gesäubert hatten, setzten sie sich mit der Pizza in den Garten. Mori betrachtete den fremden Mann vorsichtig, schien ihn aber zu tolerieren.

„Ich finde toll, was du aus der Wohnung gemacht hast."

„Das war auch viel Arbeit", seufzte Alina. „Und da ist auch noch viel zu machen. Das Schlafzimmer und das Bad brauchen noch neue Farbe.“

„Ich könnte dir beim Streichen helfen“, bot Jonas sofort an.

„Gerne“, Alina nickte erfreut. „Ich habe mir wahrscheinlich ein bisschen viel vorgenommen. Aber ich wollte einfach weg.“

Jonas nickte nachdenklich. „Das kann ich verstehen. Die Frauen waren auch oft ätzend zu dir. Etwas mehr Gewicht zu haben ist keine Krankheit, es ist sogar erwiesen, dass trainierte Mollige gesünder leben, als Schlanke, die für die Figur nur hungern.“

Schade, dass ich das nicht aufnehmen kann. Solche Sätze retten meinen Tag, dachte Alina. Und Jonas ist wirklich so nett, wie ich erwartet hatte.

Als er dann ging, hatten sie sich für das kommende Wochenende verabredet, um das Schlafzimmer, den Flur und das Bad zu streichen. Höchst zufrieden mit der Situation und mit sich, brach Alina mit Mori zu ihrer Hunderunde auf.

Seit sie erlebt hatte, wie eifersüchtig Jonas auf einen möglichen Mitbewohner, reagiert hatte, gab ihr das das Gefühl, schon viel leichter zu sein und über dem Boden schweben zu können. Irgendwie konnte sie heute auch länger mit Mori Schritt halten, ohne dass ihr die Luft weg blieb. Vielleicht war sie ja auch schon eine trainierte Mollige, und wenn nicht, würde sie es garantiert werden! Und dafür tat sie einiges, was sie sich früher nicht zugetraut hätte.

Nachdem die Räume gestrichen waren, aber immer noch Möbel

fehlten, schlug Jonas eine Erkundungstour mit dem Fahrrad vor. „Wenn wir irgendwo etwas Tolles im Sperrmüll oder bei einem Garagenverkauf finden, ist das mit dem Rad besser zu machen, als mit dem Kleinlaster."

Und Alina, die seit ihrer Kindheit nie wieder Fahrrad gefahren war, setzte sich ihm zuliebe auf das Rad, das er mitbrachte und freute sich wie ein Kind, dass sie alles noch ohne Probleme beherrschte.

Sie ging sogar mit ihm tanzen, auch wieder eine Premiere.

Früher hatte sie zwar eine Tanzschule besucht, aber weil keiner der Teenies mit ihr tanzen wollte, musste sie immer warten, bis sich der Tanzlehrer bereit erklärte. Deshalb rangierte Tanzen bei ihr nicht auf den vorderen Plätzen. Aber Tango mit Jonas war etwas völlig anderes, das war fast erotisch. Daran könnte sie sich gewöhnen und auch an die Blicke, die mittlerweile die Luft zwischen ihnen knistern ließen und fast alles versprachen.

Als Alina nach vier Wochen auffiel, dass sie ja einen Termin bei Dr. Kessler hatte, konnte sie sich kaum noch erinnern, weshalb sie überhaupt zu ihm gegangen war, ihr ging es doch gut.

Wollte sie sich die Vorhaltungen noch einmal antun? Auf jeden Fall würde sie entsprechend kontern können. Aber was dann geschah, ließ sie wirklich sprachlos zurück.

Dr. Kessler rieb sich zufrieden die Hände. „Das hast du wirklich gut gemacht. Frau Müller hat mir gesagt, du hättest 5 cm Bauchumfang weniger und dein Blutdruck ist gemessen an den bisherigen

Werten fast fantastisch. Das ist wirklich eine tolle Entwicklung. Selbst wenn du nur 5% Gewicht verlierst, sinkt dein Körperfettgehalt deutlich, die Blutzucker- und die Körperfettwerte werden besser. Ich bin überzeugt, dass das Labor diese Verbesserung belegen wird, sobald wir die Ergebnisse haben. Wenn du so weiter machst, hast du auch wieder eine Zukunft."

Als sie das Sprechzimmer verließ, wurde sie sogar freudig von der jüngeren Sprechstundenhelferin umarmt.

„Da haben die Tipps aus dem Buch wieder mal etwas Gutes bewirkt. Super gemacht, Mädchen."

Noch auf dem Heimweg war Alina fassungslos, wie war das passiert? Was stand denn eigentlich in dem Buch und wo war es? Zuhause fiel es ihr natürlich sofort ins Auge, da in ihrem neuen Regal nur zwei Bücher standen. Neben einem lustigen Krimi sah sie „*3 kleine Schritte zur Leichtigkeit*".

Sie setzte sich in den Sessel, den sie am Wochenende gemeinsam mit Jonas bezogen hatte und schlug endlich das Buch auf. Stimmt, da waren 3 Tipps:

1. Frisches Essen, selbst zubereitet, besonders viel Gemüse, wegen der Ballaststoffe und der Vitamine.

Ja, klar, davon hatte sie wirklich so viel wie nie zuvor gegessen.

2. Täglich mehr als zwei Liter Wasser trinken.

Alina lächelte. Wahrscheinlich trank sie deutlich mehr, aber Wasser hatte ihr auch noch nie so gut geschmeckt. Die Siedlung erhielt ihr Wasser direkt aus einer unterirdischen Quelle, da konnte keine süße Limonade mithalten.

3. Viel Bewegung, die Spaß macht.

Mori bellte und Alina lachte vergnügt. Das stimmte garantiert. Sie hatte sich mit der kleinen Hündin so viel bewegt, wie noch nie. Und diese Bewegung hatte ihnen beiden Spaß gemacht.

„Gib zu, du wusstest das alles!"

Mori stellte ein Ohr auf und sah sie aufmerksam an, während ihr Schwanz weiter aufgeregt wedelte. Für Alina sah es fast so aus, als ob sie grinste und automatisch hoben sich auch ihre Mundwinkel.

„Gib zu, du hast das Buch heimlich gelesen!"

Dann sah sie total überrascht, wie Mori ihr zublinzelte und mit einem kühnen Schwung auf ihren Schoß sprang.

Sie kuschelte sie an sich. „Egal, ich weiß, dass du die Klügere von uns beiden warst. Deshalb bist du ja auch mein kleines Wunder."

Es geht alles vorüber

„Lasst mich bloß alle in Ruhe!" Olivia Hoffmann drehte sich im
Bett auf die andere Seite und überlegte sich vielleicht die Decke
über den Kopf zu ziehen, um dieses nervtötende Klopfen am Fenster nicht mehr hören zu müssen. Sie wollte alleine sein, alleine mit
dem bitteren Gefühl, eine total hoffnungslose Versagerin zu sein.
Sie hatte doch nur einen neuen Job gewollt und dennoch alles in
den Sand gesetzt. Dabei hatte alles vor zehn Tagen so gut begonnen, obwohl der Anfang gar nicht so rosig war, wie in ihrer Erinnerung.
Damals war sie morgens lächelnd aufgewacht und schon summend
zur Arbeit gegangen. Es war einer jener Frühlingstage, an denen
das Versprechen in der Luft lag, dass gerade heute alles möglich
sei. Olivia hatte das deutlich gespürt, als sie morgens in den Spiegel gelächelt hatte. Ihr weißblonder Strubbelkopf unterstrich fast
die Abenteuerlust, die in ihren großen grauen Augen lag. Sie zupfte
noch einige Strähnen nach oben und störte sich nicht im Geringsten
daran, dass ihre Haare nicht so glänzten wie die ihrer Freundin Miriam. Die legte als Frisörin natürlich mehr Wert auf diese Dinge
und bemängelte oft, dass Olivias Haare schon klinisch tot seien.
Na und, dachte die, für mich ist wichtiger, was darunter passiert
und das war entscheidend für ihren Job. Sie arbeitete gerne bei
„Neuromed", einer Firma, die wichtige Zulieferteile für die Robo-

ter herstellte, die eigenständig Operationen an Patienten vornahmen. Wie das genau erfolgte, interessierte Olivia nicht sonderlich, denn alles was mit Technik zu tun hatte, schien ihr wie ein Buch mit sieben Siegeln. Als Ausgleich dafür hatte sie das Universum großzügig mit anderen Talenten ausgestattet. Sie war ein Organisationsgenie, wie ihr Chef regelmäßig fast verzückt betonte, denn sie konnte alles besorgen was erforderlich war und selbst den härtesten Kunden um ihre hübschen Finger wickeln. Mit beschwingten Schritten näherte sie sich dem Eingang, staunte zwar über die Vielzahl von teuren Autos auf dem Parkplatz, beachtete sie aber nicht weiter.

Aber schon als sie in Richtung Fahrstuhl ging, spürte sie die angespannte Atmosphäre. Sie erinnerte sich, etwas von Revision in den letzten Tagen gehört zu haben, hatte aber nicht auf die Einzelheiten geachtet. Noch ehe sie ihr kleines Büro erreichen konnte, wurde sie von Frau Weber, der Chefsekretärin, gerufen, die offensichtlich auch andere Kollegen auf dem Gang abpasste. „Sie kommen am besten gleich in den Besprechungsraum, man will mit Ihnen reden."

„Wer ist man? Was ist denn eigentlich los? Wo ist der Direktor?" Frau Weber hob abwehrend die Hand und wies auf den Besprechungsraum. Dann flüsterte sie fast unhörbar. „Wir sind übernommen worden und haben neue Chefs."

Das war Olivia auch glasklar, als sie den Besprechungsraum wieder verließ, mit einem Aufhebungsvertrag und einem Scheck in der Hand. Ihre Talente würden nicht mehr gebraucht, wären aber bestimmt in einem anderen Bereich noch nützlich, hatte einer der Herren mit deutlich abgekühlter Stimmlage verkündet.

Nur in Begleitung eines Mannes vom Sicherheitsdienst, durfte sie ihre persönlichen Dinge aus dem Büro entfernen. Als ob ich etwas stehlen würde, dachte sie verbittert. Sie hatte gerne hier gearbeitet und eine solche Behandlung ganz bestimmt nicht verdient. Mit einem Karton in der Hand, in dem sich ihre Lieblingskaffeetasse, ein Geldbäumchen in einem weißen Blumentopf, ein Foto von ihr mit ihrer Oma Ella, ihr Adressbuch, ein Tischkalender und ein Sammelsurium von Stiften befand, drehte sie sich noch einmal Abschied nehmend um und schwor sich, irgendwann erfolgreich zurückzukommen. Wenigstens die Abfindung war großzügig ausgefallen und vermutlich würde sie im Handumdrehen wieder einen neuen Job haben.

Als sie mit ihrem Karton um die Ecke bog, um in ihre Straße zu gelangen, stieß sie heftig mit jemandem zusammen, dass sie den Karton erschrocken losließ. Bevor er fallen konnte, fing der Mann ihn geschickt auf, während Olivia total überrascht in sein Gesicht starrte.

Heilige Scheiße, was für ein Mann! Er sah einfach toll aus, sonnengebräunte Haut, braune kurzgeschnittene Haare und leuchtende grüne Augen, die sie anlachten.

Wieder so ein Typ der vom Universum alles bekommen hat, was möglich war, groß, sportlich und auch noch verdammt gutaussehend, schoss es ihr durch den Kopf. *Solche Männer sind nicht für dich bestimmt!* Deshalb riss sie sich jetzt zusammen und bedankte sich höflich für seine Hilfe. Aber er lächelte sie nur überwältigend an und bestand darauf, sie im Café gegenüber auf einen Latte Macchiato einzuladen.

„Ich habe Sie schließlich so erschreckt, das muss ich doch wieder gut machen."

Dagegen war nichts einzuwenden und Olivia nickte, obwohl sie innerlich immer noch auf der Hut blieb. *Männer dürfen nicht zu schön sein, denn dann fehlt ihnen irgendetwas anderes,* pflegte Oma Paula immer zu sagen. Wobei diese Warnung gar nicht nötig war, denn so viele Männer interessierten sich nicht für sie. Sie war keine Schönheit wie Miriam, sondern eher der Kumpeltyp, bei dem jeder sein Herz ausschüttete, aber an ihrem nicht interessiert war. Vielleicht sprach sie deshalb die etwas altmodische Höflichkeit von diesem Typen so an, der auch noch Clemens hieß. Er schob ihren Stuhl zurecht und orderte sehr freundlich die beiden Latte macchiatos. Auch als die duftend vor ihnen standen, sprach er nicht wie andere Männer zuerst über sich, sondern fragte sehr einfühlsam nach ihrem Problem.

Olivia nickte nur. Angesichts des Kartons mit ihren Büro-Überbleibseln, wäre wahrscheinlich jeder Idiot auf eine Kündigung gekommen, aber gerade heute nach diesem bestürzenden Erlebnis, tat es ihr gut mit einem aufmerksamen Zuhörer darüber zu sprechen. Sie nippte vorsichtig an ihrem Getränk und schloss dann die Hände um den warmen Becher.

„Ich kann ja verstehen, dass ein neuer Besitzer auch seine eigene Mannschaft mitbringen will, aber keine Firma kann nahtlos weiterlaufen, ohne die Leute, die die Arbeit im Hintergrund organisieren. Bisher hat mein Chef immer gesagt, ohne mich würde die Firma eingehen, ich sei ein Organisationsgenie und könnte jeden Verhandlungspartner überzeugen. Das ist doch niemals mit einer Abfindung ausgeglichen, auch wenn sie ausgesprochen großzügig ist."

Sie zog stolz den Scheck aus ihrer Jackentasche, packte ihn dann aber peinlich berührt, gleich wieder weg. „Ich wollte damit nicht angeben, aber es ist doch ein gutes Gefühl, wenigstens etwas Sicherheit zu haben, obwohl ich bestimmt im Handumdrehen einen neuen Job habe."

„Davon bin ich überzeugt, vielleicht geschieht das schneller als Sie denken." Clemens legte eine teuer aussehende Visitenkarte auf den Tisch. „Ich arbeite für die Familie van Loewen, ihre Firma heißt „Die 2. Chance". Wir arbeiten an neuen technologischen Lösungen für das Bauwesen, denn da ist seit Jahren schon mehr Nachhaltigkeit gefordert, aber zu wenig passiert. Baustoffe, wie Sand und Zement gibt es schließlich nicht unbegrenzt und da sind unsere

Produkte sehr gefragt. Wir liefern beispielsweise das Know-how, um aus Bauschutt Porenbeton zu machen, das ist ein leichter Ziegelersatz mit guter Wärmedämmung und natürlich auch gut fürs Klima. Ich könnte Ihnen genau erklären, welche technologischen Prozesse das erfordert…"

Aber Olivia hob sofort beide Hände. „Um Himmelswillen, von Technik verstehe ich absolut nichts, ich bin eher diejenige, die die Voraussetzungen organisiert."

Clemens lächelte sie charmant an. „Vermutlich sind Sie mir auf diesem Gebiet weit voraus, denn ich habe heute sehr wenig erreicht."

Er sah etwas verloren aus und Olivia fragte nach, obwohl sie das Problem lange nicht so interessant fand, wie diesen aufregenden Mann. „Was wollten Sie denn erreichen? Ich hoffe nicht, dass unser Zusammenstoß Sie abgehalten hat?"

Er schüttelte lächelnd den Kopf, wurde dann aber wieder ernst. „Sie können sich vorstellen, wie wichtig unsere nachhaltigen Lösungen nicht nur für das Klima, sondern auch den Wohnungsbau sind. Ich kann so etwas gut nachempfinden, weil ich selbst sehr lange fast gefahndet habe, bis ich endlich meine Wohnung mit großer Dachterrasse, mein kleines Paradies, gefunden hatte. Aber ich schweife ab. Da unsere Lösungen dringend gebraucht werden, wollen wir auf einem wichtigen Gebiet expandieren, nämlich dort, wo die Materialmischungen vorbereitet werden, die die entscheidenden

Katalysatoren für die Umwandlung von Bauschutt enthalten. Zurzeit bin ich auf der Suche nach einer neuen Produktionsstätte. Ich habe auch eine Fabrikhalle gefunden, die natürlich umgebaut werden müsste, damit sie unseren Anforderungen entspricht, aber leider habe ich mir bisher die Zähne an einem sturen Verhandlungspartner ausgebissen."

„Und Sie sind sicher, dass dieser Standort der einzige ist, der infrage kommt?" Olivia fühlte sich schon durch seine zurückhaltende Art herausgefordert, ihm das Gegenteil zu beweisen.

Er schaute niedergeschlagen nach unten. „Für Sie als Organisationsgenie ist das natürlich schwer nachzuvollziehen und mir ist das außerordentlich peinlich. Eine Expertengruppe hat diesen und andere Standorte unter mehreren Aspekten geprüft und diesen einen auserkoren. Ich sollte nur noch die Vertragsabschlüsse machen und habe gestern fürchterlich versagt. Und heute will der alte Herr überhaupt nicht mehr mit mir reden."

„Vielleicht sollte ich mal mit dem Verkäufer sprechen, ich hätte ja jetzt Zeit", schlug Olivia hoffnungsvoll vor. In dieser Firma gab es offensichtlich Bedarf für ihre Fähigkeiten und wie sie aus seinen Zwischenbemerkungen schloss, auch gute Gehälter. Vielleicht könnte sie gleich einen Fuß in die Tür bekommen und dann weitersehen.

„Aber das geht doch nicht, ich kann Sie doch nicht so ausnutzen", wehrte Clemens ab. „Es sei denn…"

„Was ist erforderlich?", setzte Olivia gleich hartnäckig nach. „Muss ich irgendein Formular zur Geheimhaltung unterschreiben oder woran sollte das scheitern?"

„Nein, das ist es nicht." Er lächelte sie wieder auf diese besondere Art an und immer dann hatte sie das Gefühl, als ob die Luft im Raum erheblich dünner wurde und sie kaum noch richtig atmen konnte.

„Ich könnte Sie als meine Assistentin auf Probe einstellen und wenn wir gemeinsam erfolgreich sind, bekommen Sie ihre Festanstellung. Aber das müsste ich noch in der Firma klären. Ich würde mich bei Ihnen melden, brauchte aber gleich Ihre Personalien. Sie haben doch sicher schon einiges für die nächste Bewerbung vorbereitet."

Olivia nickte begeistert, das ließ sich gut an. Sie rief die Unterlagen auf ihrem Handy auf und schickte sie an die von ihm genannte Adresse. Es wäre toll, wenn sie gleich wieder einen neuen Job hätte.

„Ich könnte alles vorbereiten und Rücksprache mit meinen Vorgesetzten treffen. Dann könnten wir vielleicht schon übermorgen gemeinsam zu diesem Verhandlungspartner fahren."

Auch wenn dieser Mann sehr gut aussah, merkte Olivia doch, wenn ihr jemand den Erfolg ihres Einsatzes wegnehmen wollte. Aber das hatten schon andere probiert, deshalb hob sie sofort die Hand.

„Wenn ich es mache, dann auf meine Art und alleine. Wir können uns anschließend treffen und klären, wie es weitergeht."

Er lächelte. „Gut, in diesem Fall sind Sie der Boss, Sie bekommen von mir die Unterlagen und dürfen das Geschäft auch ganz alleine abschließen."

Zuhause hatte sich Olivia noch eine Weile in ihrem Erfolg gesonnt, aber dann doch ernsthaft über ihre Zukunft nachgedacht und drei Bewerbungen geschrieben sowie zwei Telefonate mit Personalreferentinnen geführt, die sie gut kannte.

Aber es war wie verhext! Bis auf eine Stelle, die absolut unter ihrem Niveau und knapp über dem Mindestlohn lag, war nichts zu finden. Das machte sie zwar etwas unruhig, aber noch lange nicht besorgt, schließlich kannte sie ihren Wert.

Als aber im Laufe des nächsten Vormittags wieder zwei Absagen kamen und eine Firma, die sie früher schon einmal abwerben wollte, nicht einmal mehr antwortete, beschäftigte sie das schon mehr. Also musste sie unbedingt bei diesem neuen Projekt erfolgreich sein, hoffentlich meldete sich Clemens bald.

Nach einer unruhigen Nacht, in der sie allerlei Sonderbares geträumt hatte, versuchte sie sich am Morgen zu motivieren. Schon beim Zähneputzen lächelte sie sich zu und versuchte sich aufzubauen. „Du hast schon ganz andere Sachen geschafft, das heute machst du mit links. Du bist immer noch ein Organisationsgenie, auch wenn das im Moment nur wenige erkennen. Deine Chance kommt noch!" Nach dieser Ansprache blitzten ihre Augen wieder erwartungsvoll. *Wo ist das Problem? Olivia wird es lösen!*

Das hatten ihre Kollegen immer von ihr behauptet und genau das würde sie heute machen.

Nach dem Frühstück wanderte ihr Blick etwas häufiger zur Uhr und sie wurde sie doch ein wenig unruhig, aber dann meldete sich Clemens am Telefon mit einer guten Nachricht.

„Es ist alles perfekt, ich habe die erforderlichen Papiere und könnte Sie in wenigen Minuten abholen."

Olivia stand schon in ihrem besten Kostüm bereit, dessen azurblaue Farbe ihre Augen und ihre frühlingshafte Hautbräune betonte, die sie sich in Oma Paulas Garten erworben hatte.

Am liebsten hätte sie *Auf in den Kampf …* gesummt, aber das wäre dann doch einen Tick zu viel gewesen, denn übereifrig wollte sie auf keinen Fall wirken.

Clemens fuhr mit ihr in einen Stadtteil, den sie kaum kannte, obwohl der Garten von Oma Paula auch hier irgendwo sein musste. Nachdem sie durch einige kleinere Straßen gefahren waren, erreichten sie fast am Stadtrand ein kleines Gewerbegebiet, das von Kleingartenanlagen teilweise umschlossen wurde.

Mit verschwörerischer Miene reichte ihr Clemens die Unterlagen, so als würde sie eine geheime Mission antreten.

„Herr Schulze, der widerspenstige alte Herr, erwartet sie dort in dem Flachgebäude, hinter der grünen Tür. Versuchen Sie ihr Glück! Wenn es nicht klappt, dann kann ich mich besser fühlen. Dann wissen alle, dass das unmöglich zu schaffen ist. Aber wenn

Sie es schaffen, dann sitzen Sie mit in unserem Boot, haben einen tollen Job und wir feiern.“

„Und natürlich wollen Sie überhaupt keinen Druck aufbauen“, grinste Olivia, um sich nicht all zu sehr von den intensiven Blicken beeindrucken zu lassen, die ihre Haut über der Wirbelsäule angenehm kribbeln ließen. Dann gab sie sich einen Ruck und marschierte tapfer in Richtung grüne Tür.

Wie angekündigt war es keine einfache Sache. Zunächst wollte der alte Herr überhaupt nicht mit ihr reden, vielleicht war er auch schon etwas wirr im Kopf, denn er faselte immer von der Bank, an die er nicht verkaufen wollte, obwohl Olivia betonte, dass nur die Finanzierung über eine Bank lief.

Erst als ihm Olivia in Ruhe alles dreimal erklärt hatte, ihm von der Nachhaltigkeit des Porenbetons vorgeschwärmt hatte, sich die große Halle und die zahlreichen Nebenräume angesehen und die kluge Einteilung gelobt hatte, ließ er sich endlich zu Verkaufsverhandlungen herab. Olivia hätte vor Freude fast geweint und hoffte jetzt auf einen schnellen Abschluss, als das nächste Problem auftauchte.

„Mit Schecks habe ich nichts am Hut, ich erwarte Bargeld, gleich hier und heute.“

„Herr Schulze, ich habe keinen Geldkoffer bei mir, niemand geht heute mit mehreren Tausend Euro in bar aus dem Haus.“

Der alte Mann sah sie unter schweren Lidern fast störrisch an und strich sich über seine weißen Haare. „Dann ist das Geschäft geplatzt, gleich hier und jetzt. Auf Wiedersehen.“

Er drehe sich so demonstrativ um, als ob sie schon gegangen wäre.

Olivia war geschockt. So etwas war ihr noch nie passiert! Fieberhaft suchte sie nach einer Lösung. Sie könnte nach draußen gehen, Clemens ihre Niederlage beichten und sich vermutlich dann von dem erhofften neuen Job verabschieden. Oder sie könnte eine andere Lösung finden und als Siegerin dastehen, aber welche?

Da schoss ihr ein kühner Gedanke durch den Kopf. Sie lächelte.

„Herr Schulze, Sie haben doch ein Firmenkonto? Können Sie es auch von hier aus einsehen?“

„Ja klar.“

Zu Olivias Überraschung zog er ein Smartphone der höheren Preisklasse aus seiner Brusttasche und zeigte es ihr.

„Wenn wir jetzt den Vertrag soweit vorbereiten und ich die Kaufsumme mit Schnellversand auf ihr Konto überweise, unterschreiben Sie dann endlich den Vertrag?“

Der alte Herr brummte etwas ungläubig, was Olivia noch mehr anspornte, die geforderte Summe von ihrem Sparkonto zu überweisen. Damit wäre zwar die tolle Abfindung fast aufgebraucht, aber ihr winkte ein neuer, aufregender Job und den Betrag würde sie ja zurückbekommen.

Als Herr Schulze mit zusammengekniffenen Augen die Veränderung an seinem Kontostand registrierte, griff er sofort zum Stift und unterschrieb endlich den Vertrag. Olivia hätte ihn vor lauter Erleichterung beinahe umarmt, hielt sich dann aber doch zurück.

Sie nahm noch die Schlüssel in Empfang, schloss hinter ihnen beiden ab und ging freudestrahlend zu Wagen zurück.

Clemens sah sie ungläubig an, als sie ihm von dem Ergebnis berichtete, nahm dann aber die Unterlagen und umarmte sie so fest, dass ihr fast die Luft weg blieb.

„Das wird meinen Chef überzeugen, den Job haben Sie so gut wie sicher, aber jetzt werden wir feiern."

Irgendwie schienen sie und der Alkohol sich nicht so gut zu vertragen, denn als Clemens sie nach dem Umtrunk an ihrer Wohnung absetzte, hatte sie echte Schwierigkeiten geradeaus zu gehen, während ihr Begleiter keinerlei Probleme hatte. Sonderbar, soviel hatte sie gar nicht getrunken. Es musste das Gefühl des Erfolgs sein, das dafür sorgte, dass sich alles drehte. Mit dieser Überzeugung ließ sie sich so wie sie war, auf ihr Bett fallen und schlief ein.

Am nächsten Morgen war ihr klar, dass es sich bei ihren Beschwerden, nicht um eine bisher unbekannte Auswirkung von Erfolg, sondern eher um einen ausgewachsenen Kater handelte, der sich an ihrem Hinterkopf festzukrallen schien. Stöhnend quälte sie sich ins Bad. Wie gut, dass sie noch nicht arbeiten musste!

Aber heute oder spätestens morgen, würden die Unterlagen und auch die Überweisung der verauslagten Summe kommen. Bis dahin sollte die Zeit reichen, noch einen kleinen Einkaufsbummel zu machen und sich ein wenig zu belohnen. Sie könnte natürlich auch

Oma Paula besuchen, aber ohne den neuen Job, würde die sich viel zu viele Sorgen machen. Nachdem ihr Briefkasten am Abend immer noch leer blieb, wurde sie noch nicht unruhig, aber ein leichtes Flattern in der Magengegend zeigte sich bereits.

Das Telefonat mit Miriam trug auch nicht gerade dazu bei, sie zu beruhigen. Nach der Standpauke, die sie ihr wegen ihrer Vertrauensseligkeit gehalten hatte, hätte sie nichts lieber gehabt, als am nächsten Morgen mit einem tollen Job und Supergehalt zu glänzen und der rechthaberischen Freundin zu beweisen, dass sie alles richtig gemacht hatte.

Aber am nächsten Abend war von diesen Überzeugungen nichts mehr vorhanden. Es gab keinen Brief, keinen Anruf und auch ihr Konto zeigte eine gähnende Leere. Sollte sie Clemens anrufen oder sah das wieder so aus, als hätte sie keine anderen Möglichkeiten? Sie würde noch einen Tag warten, beschloss sie und um sich abzulenken studierte sie die Stellenanzeigen bis spät in die Nacht. Aber so jemand wie sie, wurde nicht gesucht!

Enttäuscht ging sie schlafen, wälzte sich aber die ganze Nacht unruhig herum. Wenn die Chefs nicht einverstanden waren, was könnte der Grund dafür sein? Sie beschloss Clemens endlich zu kontaktieren, um Gewissheit zu haben, schlief anschließend zwar ein, hatte aber einen fürchterlichen Albtraum, in dem sie alles verloren hatte.

Gleich am nächsten Morgen rief sie Clemens Nummer an und

glaubte einen Moment noch in ihrem Angsttraum zu sein, denn die Nummer von seiner Visitenkarte war nicht vergeben.Auch der zweite Anschluss, der die Firma betraf, war offensichtlich tot.

„So ein Mist, wie immer die Telefongesellschaften", schimpfte sie, obwohl sie mehr und mehr erkennen musste, dass ihr Traum vielleicht doch die Realität widerspiegeln könnte.

Obwohl sich die Angst schon mit kalten Fingern um ihr Herz schloss, versuchte sie noch logisch zu denken und den nächsten Ansatz zu finden. Sie fuhr ihren Laptop hoch und suchte die Firma „Die 2. Chance". Fast wollte sie aufatmen, als sich die Seite zeigte, aber es gab nur eine Seite und keine Besitzer, die van Loewe hießen. Unwillig sah sie zum Impressum, um gleich danach vor Schreck aufzukeuchen.

Diese Firma war eine einfache Gesellschaft bürgerlichen Rechts und die einzige Gesellschafterin war sie, Olivia Hoffmann. Als Anschrift war der Birkenweg angegeben, dort wo sie die kleine Fabrikhalle gekauft hatte. Olivia schüttelte verzweifelt den Kopf. Waren denn alle verrückt geworden? Sie brauchte doch keine Fabrikhalle, sie brauchte einen Job!

Sie durchquerte aufgeregt ihre kleine Wohnung, denn wenn sie sich nicht noch in ihrem Albtraum befand, hatte sie jetzt eine kleine Fabrik am Hals, aber kein Geld und keine Zukunft! Und jetzt konnte sie sich der Wahrheit nicht mehr entziehen: Man hatte sie eiskalt betrogen!

Moment, sie blieb abrupt stehen. Der alte Herr, der jetzt ihr Geld besaß, der müsste das doch klären können. Sie schloss ihre Augen und konzentrierte sich darauf, die Vertragsunterlagen in ihrer Erinnerung aufzurufen. Stimmt! Hermann Schulze, wohnhaft in der Elisenstraße 70.

„Das werde ich gleich klären", schwor sie sich, nahm ihre Tasche und stürzte aus der Tür. Sie brauchte einige Zeit um zur Elisenstraße zu kommen, konnte sich aber auf nichts anderes konzentrieren, als auf den scharfen Schmerz des Betrugs und das Gefühl der Hoffnung, wie immer alles im letzten Moment noch zu retten.

In der Elisenstraße erwartete sie die nächste Enttäuschung, denn auf dem Klingelbrett des alten Hauses war kein Schulze vermerkt. Am liebsten hätte sie jetzt gegen die große massive Haustür getreten, als sie von hinten angesprochen wurde. Eine ältere Dame winkte ihr. Sie saß auf einer Bank, die von einem blühenden Busch eingerahmt wurde und daher kaum zu sehen war.

„Wen suchen Sie denn?"

„Ich wollte Herrn Schulze sprechen, angeblich ist das seine Adresse."

Olivia kam zögernd näher und betrachtete die alte Dame interessiert, denn die war ganz in hellblau gekleidet und trug auch einen ungewöhnlichen hellblauen Hut mit üppigen weißen Blumen. Sie lächelte freundlich und schien sehr alt zu sein, hatte aber ganz glatte Haut.

„Da haben Sie wirklich Pech, Schätzchen. Der ist bereits gestern Abend ausgezogen, nachdem er endlich seine Schulden losgeworden ist. Er hat schon sehr lange versucht die alte Fabrikhalle zu verkaufen, deswegen saßen ihm auch seine Gläubiger von der Astra-Bank im Nacken. Aber jetzt hatten sie einen Spezialisten geschickt, der alles verkaufen kann. Man sagt, der soll über Leichen gehen."

Olivia knickten plötzlich die Beine weg und sie sank auf die Bank. „Das könnte wohl so stimmen", flüsterte sie erschüttert. „Und Herr Schulze?"

„Der ist gleich zu seinem Sohn gezogen, irgendwo auf eine der iberischen Inseln. Jetzt kann er sich ja erholen. Aber sie sehen blass aus, geht es ihnen nicht gut?"

Olivia holte tief Luft und biss die Zähne zusammen. „Nein, es geht mir wirklich nicht gut, aber ich komme schon zurecht."

Als sie gehen wollte und der alten Dame für die Auskunft dankte, schob die ihr eine kleine Figur in die Hand. „Das könnte ihnen vielleicht helfen."

Olivia steckte sie wortlos ein, drehte sich aber noch einmal um.

„Danke, aber ich glaube, mir ist überhaupt nicht mehr zu helfen!"

Bis zu ihrer Wohnung hielt das benommene Gefühl an, alles sei nur ein Traum, aber dort in ihren Räumen, musste sie sich der Wahrheit stellen. Zuerst warf sie schreiend eine hässliche Tasse und unzählige Besteckteile an die Wand, dann brach sie in Tränen aus und tröstete sich schließlich mit einer Familienpackung Schokoladeneis. Irgendwann hatte sie auch die Flasche Rotwein geleert.

Am nächsten Morgen und auch an den nächsten Tagen blieb sie einfach im Bett. Warum sollte sie aufstehen? Niemand brauchte sie, niemand wollte eine solche Versagerin!

Sie versuchte etwas zu lesen, schob aber dann wieder alles zur Seite. Sie hatte nicht nur versagt, sie hatte sich auch noch freudig über den Tisch ziehen lassen. Diese Scham nagte ständig an ihr und verhinderte jeglichen vernünftigen Gedanken. Sie konnte nicht schlafen, nicht lesen, nicht fernsehen, ohne dass sie ständig mit diesen quälenden Gedanken konfrontiert wurde.

Warum habe ich nicht früher nachgesehen, ob es diese Firma wirklich gibt? Hätte ich doch etwas eher nachgedacht, *hätte ich doch nur...*hätte ich doch nicht unbedingt gewinnen wollen!

Beim letzten Gedanken blieb sie hängen, gewinnen wollen war doch nichts Schlechtes? Sie hatte doch nur getan, was jeder in ihrer Situation getan hätte. Nicht sie war schuld, sondern dieser miese Betrüger! Jetzt stieg ihre Wut wieder.

Und dann noch dieser verdammte Vogel, der dauernd mit seinem Schnabel ans Fenster klopfte, solange sie im Bett lag. Sie schwang die Beine aus dem Bett, stürzte zum Fenster und riss es wütend auf. Der Vogel flog nicht wie erwartet davon, sondern schien sie neugierig zu beäugen. Dann trippelte er näher und flötete eine Melodie,

die nicht ganz stimmte, aber doch zu erkennen war. *„Es geht alles vorüber, es geht alles vorbei…"*

Das hatte Oma Paula früher immer gesungen, wenn sie sich die Knie aufgeschlagen hatte und das war häufig passiert. Olivias Wut auf die Störgeräusche verflog sofort und sie musste lächeln. Zum einen, weil ihr der Vogel mit seinem sonderbaren Lied gefiel und weil das zum ersten Mal seit Tagen wieder ein gutes Gefühl in ihr auslöste. Sie fühlte sich seltsam getröstet, die depressive Phase, falls das eine war, schien endgültig vorbei.

Jetzt musste sie wieder aktiv werden. Moment, stoppte sie sich, wahrscheinlich habe ich schon einen Schaden, wenn ich glaube, dass mich ein Vogel aufmuntern will. Was war das überhaupt für ein Vogel? Der Bauch war weiß, aber das Köpfchen und der Hals leuchtend rot, aha, ein Rotkehlchen. Das hatte sie schon in Oma Paulas Garten gesehen. Schon der zweite Gedanke an Oma Paula, wenn die wüsste!

Olivia drehte sich um und hätte fast die Hände über dem Kopf zusammengeschlagen. Wie sah es denn hier aus! Sie hatte eine Menge zu tun, um sich selbst wieder aus dem Problemsumpf zu ziehen und hier würde sie anfangen!

Sie rannte fast ins Bad und kam nach wenigen Minuten, nicht nur äußerlich gereinigt, zurück und begann die Kleider aufzuheben, die sie vor drei Tagen achtlos hatte fallen lassen. Aus der blauen Jacke fiel etwas heraus, das sie erstaunt musterte.

Richtig, jetzt erinnerte sie sich wieder. Die sonderbare alte Dame hatte ihr das in die Hand gedrückt und gemeint, es könne helfen. Als sie es genauer betrachtete, musste sie wieder lächeln, es war ein Kettenanhänger aus Porzellan in Form eines kleinen Vogels und der sah genauso aus, wie das niedliche Rotkehlchen vor dem Fenster. Sie suchte eine passende Kette und legte sich das Geschenk um den Hals.

Dann begann sie systematisch in gewohnter Weise die kleine Wohnung zu putzen, um sich dann später mit einem Block und einem Espresso an ihren Schreibtisch zu setzen und Ideen für eine Notfallplanung zu sammeln. Glücklicherweise blieb ihr noch einiges von ihrer Abfindung, aber wenn sie nicht schnell einen neuen Job bekam, konnte das knapp werden. Also verfasste sie erneut einige Bewerbungen und überlegte auch, wenn sie noch anrufen könnte. Schließlich hatte sie einiges zu bieten.

Problem Nummer 2 war die Fabrikhalle, die jetzt definitiv ihr gehörte. Die Überlegung, sie wieder zu verkaufen, konnte sie gleich vergessen, denn das setzte voraus, sie würde ähnliche Methoden anwenden wie dieser Mistkerl. Was könnte sie mit einer Gewerbeeinheit machen, was produzieren? Ihr fiel absolut nichts ein, was man dann auch verkaufen könnte. Jetzt rächte sich, dass sie bei solchen Dingen früher immer abwehrend die Hände gehoben hatte, sie brauchte jemanden, der außerhalb stand. Als erste rief sie ihre Freundin Miriam an.

„Bist du aus den Sümpfen des Selbstmitleids endlich wieder aufgetaucht? Und was willst du jetzt machen?"

Olivia erinnerte sich dunkel, mit Miriam geredet zu haben, aber nur
der Rotwein konnte noch wissen, worüber genau.

„Ich bin beim Planen, was würdest du mit dieser Fabrikhalle machen?"

„Da fragst du noch? Ich würde daraus ein Spa der Extraklasse machen, einen richtigen Wohlfühl-Tempel, mit allem Drum und Dran,
Beautybehandlungen, Entspannung, Massagen, Bäder, von allem
das Beste. Allerdings müsste ich vorher im Lotto gewinnen. Aber
wenn ich an deiner Stelle wäre, würde ich die Klitsche abreißen
und das Bauland verkaufen. Da bekommst du wenigstens noch etwas Geld dafür."

Olivia schrieb die Idee zwar auf, hatte aber das untrügliche Gefühl,
dass man aus diesem Bau mehr machen könnte.

Oma Paula wusste auch immer Rat. Sie sah zum Fenster und stellte
überrascht fest, dass es bereits dunkel war. Oma Paula lag wahrscheinlich schon schlummernd in ihrer Gartenlaube, also würde sie
morgen fahren.

Bevor sie schlafen ging, hatte sie noch alle Möglichkeiten der
Vermarktung oder Vermietung von Gewerbeeinheiten im Internet
geprüft, aber nichts Zündendes gefunden. Trotzdem fühlte sie sich
nicht niedergeschlagen, sondern eher hoffnungsvoll. Und ehe sie
die Augen schloss, fiel ihr auch noch auf, dass sie sich, seit sie die-

se Kette trug, nicht mehr wie der letzte Husten fühlte. Das Rotkehlchen schien wirklich zu trösten, denn das nagende Schamgefühl war verschwunden.

Am nächsten Morgen war sie schon früh mit ihrem Fahrrad unterwegs und stellte auf dem Weg zum Garten fest, dass er nur zwei Querstraßen von der Fabrikhalle entfernt war. Vorsichtshalber hatte sie diese Schlüssel schon eingesteckt. Das wäre eine gute Gelegenheit, sich alles bei Tageslicht und mit klarem Kopf anzusehen, überlegte sie noch, als Oma Paula sie schon erfreut umarmte, aber dann genauer betrachtete.

„Was ist passiert? Du hast doch ein Problem?"

„Wie kommst du denn darauf?" Olivia schüttelte zwar den Kopf, wusste aber gleich, dass jetzt nur noch die knallharte Wahrheit helfen würde. Wie kriegten Großmütter das nur hin, schon auf den ersten Blick alles zu bemerken?

„Ich kenne dich länger als du dich selbst und so etwas sehe ich an deiner Nasenspitze. Komm, ich habe einen schönen Melissentee, der beruhigt die aufgeregten Nerven gleich wieder."

Nachdem Olivia alles gebeichtet hatte und auch gleich die neuen Überlegungen einfließen ließ, lächelte Oma Paula zufrieden.

„Das ist mein Mädchen! Wenn man Mist gebaut hat, gibt es nur zwei Möglichkeiten, entweder du gibst auf oder du gibst alles, um es wieder in Ordnung zu bringen. Du hast schon überlegt, was du mit der Halle machen willst?"

„Darüber grüble ich seit gestern nach, aber mir fällt nichts ein, was man dort produzieren könnte, es gibt doch schon alles."

„Du musst ja nicht produzieren, warum machst du kein Recycling?"

Als Olivia sie nur fragend anschaute, setzte Paula fort. „Gestern habe ich mit einem Gartennachbar gesprochen, dessen Bruder in dieser Abteilung der Stadtwirtschaft arbeitet, die Elektrogeräte ausschlachten. Er sagt, dass sie sich gerne vergrößern würden, von sechs auf zehn Arbeitsplätze, aber nichts Geeignetes finden. Vielleicht ist deine Halle genau das Richtige. Ist es weit von hier?"

„Nein, nur zwei Querstraßen." Olivia versuchte noch diese Idee zu verarbeiten, als sie schon von Oma Paula hochgezogen wurde.

„Komm, das muss ich mir ansehen."

Nachdem sie gemeinsam die kleine Fabrikhalle erreicht hatten, begann Olivia sie mit anderen Augen zu betrachten, sie mehr in Richtung Verwendung zu prüfen. Das Mauerwerk war in Ordnung, die Fenster auch. Da genügten Wasser und Putzmittel. Und wenn die Wände frisch gestrichen wären, würde sich das Ganze gut für einen Montagebereich eignen.

Oma Paula hatte inzwischen die kleine Küche inspiziert und rümpfte die Nase. „Ich glaube, die haben das letzte Mal im vergangenen Jahrhundert geputzt. Aber der Herd ist in Ordnung und mit einem neuen Kühlschrank und einer Kaffeemaschine wäre die Küche wieder funktionstüchtig. Ich könnte dreimal in der Woche einen großen Eintopf kochen, damit die Leute was Anständiges in den Magen kriegen und ich meine Rente aufbessern kann."

„Aber Omi, wird denn das nicht zu viel für dich?"

Paula lächelte. „Solange ich meinen Garten alleine bestellen kann, kann ich auch Eintopf kochen. Du kannst ja beim Abwaschen helfen. Aber ganz im Ernst. Aus dieser Halle lässt sich bestimmt eine Menge machen. Du brauchst nur Putzmittel, Wasser und Farbe, aber zuallererst Geld."

„Ich habe noch ein wenig von der Abfindung, aber ich muss auch an meine laufenden Ausgaben denken. Einen Bankkredit werde ich vermutlich nicht kriegen. Ich hatte die Hoffnung schnell einen anderen Job zu kriegen und das hier nach Feierabend zu machen…"

„Das dauert zu lange. Ich habe eine bessere Idee. Was hältst du davon, deine Wohnung für drei Monate zu vermieten und zu mir in die Laube zu ziehen?"

„Das wäre super. Ich hätte kurze Wege und könnte deutlich mehr schaffen, aber die Vermietungen über das Internet sind nicht immer sicher."

„Ach das geht auch, das wusste ich gar nicht."

Oma Paula zog einen Zettel aus der Kittelschürze, die sie nach Olivias Erinnerung bestimmt schon fünfzig Jahre trug. „Die Neumann von nebenan hat eine Tochter, die an Gastdozenten vermietet. Sie haben eine Doppelbelegung und suchen händeringend einen Ausweg. Da ist die Handynummer, du kannst gleich anrufen."

Nach wenigen Minuten war das Problem gelöst und Olivia hatte
ausreichend Mittel für einen Putz- und Sanierungsfonds.
„Omi, du bist einfach die Beste! Ich mache mich jetzt auf den Weg.
Die brauchen die Wohnung schon übermorgen, ich bereite alles vor
und melde mich bei dir."

In den nächsten Tagen hatte Olivias To-do-Liste wieder die übliche
Länge angenommen, die sie von ihrem vorherigen Job kannte.
Aber sie war glücklich. Ob das wirklich nur an dem Rotkehlchen-
Anhänger lag, wollte sie gar nicht wissen. Sie freute sich einfach,
dass es vorwärts ging.
Am Wochenende als die Wände gestrichen werden sollten, tauchte
sogar Miriam auf, die sich natürlich nicht ihre gepflegten Hände
schmutzig machen wollte. Dafür brachte sie ihre schwulen Nach-
barn Piet und John mit, die ihre Muskelkraft präsentieren wollten
und sich schon öfter als Maler oder Tapezierer bewiesen hatten.
Nur deswegen waren die Wände in der Halle so schnell fertig und
glänzten wie neu. Miriam schob es eher auf den Duft von Oma
Paulas Eintopf und Olivias neuer Kaffeemaschine.
Als alle zusammen in der frisch geputzten Halle an einem langen
Tisch ihren Eintopf aßen, hätte man nicht sagen können, wer mehr
strahlte, Olivia oder Oma Paula.
„Daran könnte ich mich gewöhnen, Essen, das fertig auf den Tisch
kommt und auch noch schmeckt. Gut, dass du die Halle nicht abge-

rissen hast. Vielleicht erweist sich dein Problem eher als eine versteckte Chance. Ich könnte dir die Karten legen."

Miriam hielt viel von ihren Vorahnungen, aber Olivia winkte ab.

„Ich habe schon einen Talisman, der Wunder vollbringt."

Dabei schloss sie ihre Hand fest um den kleinen Anhänger.

„Die Halle ist noch nicht vermietet, aber für die kleineren Räume habe ich schon Bewerber. Einen Bastler, der außergewöhnlich große Schiffsmodelle baut."

„Das wird sich seine Frau freuen, wenn die Sachen nicht mehr bei ihr herumstehen." Oma Paula nickte verständnisvoll.

„ Der zweite Bewerber macht aus kaputten Möbeln wieder etwas Tolles. Und dann kommt noch ein junger Künstler, der aus alten Metallteilen lustige Skulpturen zusammen schweißt."

„Und vergiss nicht Otto, der mit seinen Kumpeln ein Repair-Café einrichten will", erinnerte Oma Paula.

Am Nachmittag waren auch die Küche, die Nebenräume und Olivias kleines Büro schon in einem vorzeigbaren Zustand, die Sanitärräume brauchten allerdings mehr als frische Wandfarbe. Aber das war für Olivia auch kein Problem, der Bruder einer Schulfreundin war Klempner, den hatte sie bereits angerufen und einen Termin gemacht.

Als sie am Abend die Tür abschloss, war das nicht mehr irgendeine Gewerbeeinheit, es war jetzt *ihre Halle*! Noch während sie darüber grübelte, wieso das so schnell geschehen war, hörte sie wieder das

Flöten des kleinen Vogels. Sie schaute überrascht zu dem blühenden Busch der seitlich vom Eingang stand. Entfernten sich Singvö-
gel wirklich so weit von ihrem ursprünglichen Ort? Oder war das
ein Vogel, der nur genauso aussah? Im gleichen Moment flötete er
wieder *Es geht alles vorüber, es geht alles vorbei.* Olivia musste
lachen. „Da hast du absolut recht, Robin."

Zwei Tage später bekam ihr Optimismus die ersten Risse. Sooft sie
auch die Nummer des zuständigen Abteilungsleiters der Stadtwirtschaft wählte, sie erreichte ihn nie. Entweder war dieser Jan Zeisig
in einer Besprechung oder außer Haus oder seine Mitarbeiterin
versprach, er würde zurückrufen, was er aber nicht tat.
Dagegen wurde in den Nebenräumen der Bastler schon gearbeitet
und das Repair-Café freute sich über den gebrauchten Kaffee-
Automaten, den Olivia besorgt hatte und über wachsenden Zustrom
von Kunden. So langsam begann sich das Gebäude mit Leben zu
füllen, wenn auch der große Wurf noch ausblieb.
Für die Außenfläche neben der Halle hatte Olivia auch schon eine
zündende Idee gehabt. Erst vor kurzem hatte ihr eine Bekannte von
ihrem Bruder erzählt, der gemeinsam mit Kindern einen Schulgarten betrieb, in dem mit alten Gemüsesorten experimentiert wurde.
Leider musste die Anlage einem Neubau weichen, deshalb hatte der
Leiter vor Freude fast gejubelt, als ihm Olivia jetzt seitlich von der
Halle ein größeres Grundstück anbot.

Am Nachmittag war bereits Muttererde angefahren und Zaunfelder gesetzt worden, morgen würden die Kinder zu ersten Mal kommen und ihre Beete anlegen.

Nichts hatte Olivia auf den Jubel und die Begeisterung vorbereitet, mit der die Kinder am nächsten Tag ihren Garten in Besitz nahmen. Sie schaute ab und zu aus dem Fenster weil es einfach Spaß machte zu sehen, mit welchem Eifer sich die Zweitklässler in die Gartenarbeit stürzten. Zu einem Mädchen sah sie häufiger, weil ein Rotkehlchen besonders oft um ihre blonden Zöpfchen herum flatterte. Das Mädchen schien auch nicht ängstlich, sondern ließ zu, dass sich der Vogel auf ihrer kleinen Hand niederließ. War das ihr Robin, der sie getröstet hatte oder gab es hier eine Rotkehlchen-Schwemme?

Als sie am späten Nachmittag die Halle abschließen wollte, sah sie das Mädchen wieder. Es saß etwas verloren auf einem Baumstumpf, hielt die Hand in die Luft und versuchte zu pfeifen.

„Nanu, hast du heute Morgen etwas vergessen?" Olivia beugte sich zu der Kleinen, die sie nur traurig ansah.

„Ich dachte Robin wäre hier. Sonst hilft er mir immer, aber jetzt kommt er nicht und ich kann noch nicht richtig pfeifen."

„Wobei soll er dir denn helfen?" Olivia hockte sich auf den Baumstumpf, der am nächsten war.

„Wenn ich traurig bin, kommt Robin immer, um mich zu trösten. Und wenn ich nicht weiter weiß, dann flötet er etwas und mir fällt ein, was ich machen könnte."

„Vielleicht kann ich dir ja helfen, denn Robin ist ja nicht da, aber ich habe einen kleinen Robin an meiner Halskette, der hilft bestimmt auch."

Das Mädchen betrachtete interessiert den Anhänger, dann ließ es den Kopf wieder sinken. „Wir sollen unsere Familie zeichnen, Vater, Mutter und Kinder. Aber das habe ich nicht."

„Du hast keine Mutter?" Olivia konnte sich das nicht vorstellen, das Kind sah nicht nachlässig sondern sehr gepflegt aus, das Haar war sorgfältig geflochten, das hätte nicht einmal sie so gekonnt.

„Nein, meine Mami ist schon lange im Himmel und einen Vater hatten wir nicht. Ich habe nur meinen Onkel Jan."

„Ja, dann könntest du dich und deinen Onkel zeichnen und wenn du gerne eine neue Mutter hättest, dann zeichnest du sie so, wie sie sein sollte. Das kriegst du hin."

„Nein, geht nicht. Sie sollte solche Haare haben wie ich, aber mein gelber Stift ist alle."

Olivia lächelte, solche Probleme ließen sich leicht lösen. „Du hast heute Glück, in meinem Büro gibt es jede Menge Stifte und auch Papier. Am besten machst du deine Zeichnung gleich hier."

Sie schloss noch einmal auf und ließ das Mädchen, von dem sie inzwischen wusste, dass es Annika hieß, alles zeichnen, was sie sich wünschte. Obwohl sie bisher nie eine besonders große Sehnsucht nach Kindern verspürt hatte gefiel es ihr, daneben zu sitzen und diesen vertrauensvollen Blick auf sich gerichtet zu sehen. Als die Wunschmutter ziemlich viel Ähnlichkeit mit ihr aufwies, freute sie sich so sehr, dass sie der Kleinen ihre Kette mit dem Vogelanhänger umlegte. „Damit hast du Robin immer bei dir und kannst getröstet werden."

Dann brachte sie sie noch bis zur ersten Querstraße, wo Annika in einen Kleingarten einbog und ging zufrieden mit dem Tag zu Oma Paula. Wenn sie den Abteilungsleiter endlich erreichen und überzeugen könnte, wäre alles, was ihr für die Halle vorgeschwebt hatte erledigt. Was würde sie denn dann machen? Würde es ihr ausreichen, alles nur zu verwalten? Plötzlich begannen ihre Augen zu leuchten. Sie würde weiter organisieren, für jeden, der es brauchte. Das war doch ihre Spezialität, aber erst musst letzte Vermietung noch geschafft werden.

Aber auch der nächste Tag verlief ergebnislos, obwohl sie direkt zu dieser Firma gefahren war, um den Verantwortlichen abzupassen. Am späten Nachmittag, die Luft war noch angenehm warm, saß sie wieder vor ihrer Halle und überlegte einen neue Strategie, als ein Mann mit der kleinen Annika direkt auf sie zu kam und ihr die Kette mit dem Robin-Anhänger reichte.

„Entschuldigen Sie bitte, meine Kleine hat gestern diese Kette versehentlich mitgenommen, die wahrscheinlich Ihnen gehört."

Olivia sah überrascht hoch. „Nein, ich habe sie ihr geschenkt. Hat sie Ihnen das nicht gesagt?"

Jetzt wurde der Mann verlegen. „Doch, aber ich konnte mir das einfach nicht vorstellen. Wahrscheinlich mache ich mir wieder zu viele Gedanken."

„Das sage ich auch immer", grinste Annika. „Du hast viel zu viel zu tun, du brauchst eine Frau."

Olivia betrachtete ihn aufmerksamer. Dieser Onkel Jan schien ein angenehmer Typ zu sein, er sah ein wenig überarbeitet aus, aber war, wie sie beruhigt feststellte, absolut kein schöner Mann. Er hatte zwar hübsche braune Locken, lustige braune Augen und einen sanften Mund, aber die Nase stand etwas schief. Damit sah er eher wie ein guter Kumpel aus, aber nicht wie jemand, bei dem einen die Luft wegbleibt. Aber für sie wäre er natürlich bestens geeignet. *Oh, hoffentlich hatte sie das jetzt nicht laut gedacht!*

Sie wurde verlegen und beeilte sich, ihm Platz anzubieten und zu erklären, warum sie Annika ihre Trosthilfe geschenkt hatte und legte ihr die Kette wieder um den Hals.

„Da ist unser Schulgarten, den hast du auch noch nicht angesehen. Ich habe dort mein Beet. Kannst du es sehen?"

Während Annika durch die Erdhaufen eilte, reichte der Mann Olivia die Hand. „Wenn alles in Ordnung ist, dann kann ich nur noch um Entschuldigung bitten, weil wir Sie gestört haben. Ich bin Jan Zeisig und es tut mir sehr leid."

„Ach, der Jan Zeisig von der Stadtwirtschaft, der mir seit Tagen verspricht, zurück zu rufen?"

Zeisig nickte verdutzt. „Auch das tut mir leid, aber ich bin ständig unterwegs, um endlich eine kleine Fabrikhalle zu finden."

„So etwas, wie ich es Ihnen anbieten will?" Olivia grinste provokativ und zeigte ihm dann ihre Halle und erläuterte die Möglichkeiten für die Recycling-Arbeitsplätze.

Zeisig kam aus dem Staunen nicht heraus. „Ich bin so erleichtert, dass sich damit mein größtes Arbeitsproblem klärt. Ich bin aber auch froh, dass ich jetzt einen richtigen Grund habe, um bei ihnen vorbeizukommen."

Olivia grinste. „Die Kette war nur ein Vorwand?"

Jan Zeisig sah sie verlegen an. „Es ist ein wenig schwierig, ich war schon einmal hier, als ich Annika gesucht habe. Ich stand hinter dem Busch und habe beobachtet, wie verständnisvoll Sie mit ihr umgegangen sind. Das war einfach toll und das wollte ich Ihnen eigentlich gleich sagen, aber ich bin vermutlich in diesen Dingen zu ungeübt oder zu schüchtern. Dann hat Annika mir dauernd von ihrem Robin erzählt, da wollte ich noch einen Versuch machen, aber…"

Er seufzte, setzte aber nach Olivias fragendem Blick fort. „Ich hielt diesen Robin wirklich für ein Fantasieprodukt, allerdings ist mir heute etwas Ähnliches passiert, aber halten Sie mich bitte nicht für verrückt. Heute hat ein Vogel, ich glaube, dass es auch ein Rotkehlchen war, fast auf mich gewartet. Und als ich dann näher kam, habe ich deutlich gehört, wie er geflötet hat: *It's now or never.*

Und bei *Jetzt oder nie*, muss er mich gemeint haben, also habe ich mich endlich getraut, Ihnen das zu sagen."

Das Lächeln, das dann folgte war ein wenig schief, aber herzlich und löste einiges in ihrem Inneren aus. Seine Unbeholfenheit gefiel Olivia viel besser, als das atemberaubende Aussehen des Betrügers Clemens und das warme Gefühl, das sie jetzt im gesamten Körper spürte, schien genau richtig für sie zu sein. Deshalb lächelte sie erfreut zurück. Wenn sie diesen aufregenden Mann häufiger sehen würde, das könnte echt spannend werden. Sie reichte ihm erwartungsvoll ihre Hand. „Ja, wenn Robin das so entschieden hat, dann sind Sie mir immer willkommen, alle beide."

Oma ehrenhalber

„Was macht das Kind dort unten in der Kälte?"
Erna Krüger stand an ihrem Küchenfenster und schaute auf die
gegenüberliegende Straßenseite. Jeden Tag sah sie ein Mädchen
mit schwarzen, fransigen Haaren, das 12 oder 13 Jahre war, auf
einem Abfalleimer hocken, obwohl es draußen doch ziemlich kalt
war. Der April hatte gerade begonnen, aber noch schien es überhaupt nicht nach Frühling auszusehen.
Das Kind muss doch frieren! Sie schaute wieder aus dem Fenster.
Das geht dich nichts an, mahnte sie sich dann aber zur Zurückhal-
tung. Es hat dir nie gut getan, wenn du dich zu sehr für andere ein-
gesetzt hast.
Erna wusste wovon sie sprach, denn sie hatte lange und unangenehme Kämpfe hinter sich, zuerst mit den Versicherungen und
dann um das Leben ihres Mannes, zum Schluss sogar mehr um ihr
eigenes Leben. Denn als der Verstand ihres Mannes von der
Krankheit restlos zerstört worden war, hatte er sich nicht nur einmal im Wahn gegen sie gewandt. Als er endlich starb, schien es für
beide eine Erlösung zu sein. Aber immer wenn sie so dachte, schüttelte sie den Kopf, denn das stimmte nicht. Für sie ging die Tortur
weiter. Sie fühlte sich immer noch schuldig, überlegte ständig, dass
sie mehr hätte tun können, dass sie mehr hätte tun müssen.
Aber das war nicht ihr größtes Problem, denn da gab es diese Lee-

re. Ohne die Pflege gab es auch nichts mehr, weshalb sie morgens aufstehen sollte. Keiner brauchte sie, keiner fragte nach ihr und keiner würde bemerken, wenn sie nicht mehr da wäre. Solche dunklen Gedanken hatte sie manchmal, versuchte sie aber immer energisch beiseite zu schieben. Schließlich hatte sie doch nicht zwei Jahre um das Leben ihres Mannes gerungen, um dann ihr eigenes einfach so zu beenden.

Nur was sollte sie jetzt anfangen? Sie hatte so viel Zeit, dass sie alle Problem der Welt hätte lösen können, aber wollte das die Welt überhaupt? Und womit sollte sie beginnen. Sie verfügte nur über begrenzte Fähigkeiten. War sie mit 69 zu alt, um etwas Neues zu beginnen? Und wollte sie überhaupt noch etwas Neues?

„Aber du hast doch jetzt Zeit, du kannst dich erholen, kannst alles hinter dir lassen, dich wieder freuen", hatte ihre langjährige Nachbarin Edda gesagt. Aber die hatte leicht reden, sie hatte ja noch ihren Mann. Erna jedoch hatte so lange für andere gesorgt, dass sie es verlernt hatte, sich selbst wichtig zu nehmen.

Viel lieber richtete sie deshalb ihre sorgenvollen Gedanken auf das Mädchen, das immer noch fast regungslos auf dem unbequemen Sitz hockte und las.

„Ich kann das nicht mit ansehen, sie hat ja nicht einmal eine warme Jacke an." Erna zog ihre dicke Jacke vom Haken und eilte nach unten. Sie ließ kein Kopfschütteln und keine ablehnende Meinung gelten und zog das Mädchen am Arm bis in ihre Wohnung in der 2.

Etage. In der kleinen Wohnküche schob sie sie auf wärmste Stelle, die sie hatte, die Bank am Esstisch.

„Und jetzt setzt du dich erstmal an die Heizung und ich mache dir einen Tee. Hast du Hunger? Ich habe einen Bananenkuchen gebacken, aber das ist zu viel für mich alleine."

Hör auf zu plappern, mahnte sie sich zwischendurch. Das Kind guckt schon wie ein scheues Reh.

Also gab sie sich große Mühe ihre Neugier zunächst im Zaum zu halten, bis zwei Kuchenstücke verschwunden und ein großer Becher mit Tee geleert war.

„Und jetzt erzähl mir mal, warum du jeden Tag dort unten in der Kälte sitzt. Das habe ich schon oft gesehen. Ich bin übrigens Erna. Und du heißt?"

„Susanne." Dann schwieg das Mädchen wieder. Erna sah sie prüfend an, bei den heutigen Zeiten war die Vorsicht des Mädchens ganz sicher angebracht. Sie strich sich etwas nervös die grauen Haare zurück, die ihr immer wieder ins Gesicht fielen.

„Ich habe mir nur Gedanken gemacht, dass du krank werden könntest. Wohnst du in dem Haus?"

„Ja, mit meinem Vater."

„Und er ist nicht zuhause und du hast keinen Schlüssel?"

Susanne nickte stumm.

Erna überlegte, es musste einen Grund geben, warum das Mädchen so vorsichtig war und sich jedes bisschen an Information aus der Nase ziehen ließ.

„Möglicherweise hast du schlechte Erfahrungen mit dem Jugendamt gemacht, aber von mir hast du nichts zu befürchten. Ich bin nur eine alte Frau, die ein wenig Langeweile hat. Wenn du Lust hast, kannst du nach der Schule gerne zu mir hochkommen, bis dein Vater nach Hause kommt. Was liest du denn eigentlich, es scheint sehr interessant zu sein?"

Jetzt ging ein Strahlen über Susannes Gesicht. „Das ist das beste Buch überhaupt. Es heißt: *„So denken Millionäre"* von einem Amerikaner. Das wir mir helfen, es auch zu schaffen."

Erna lächelte. „Du willst wirklich Millionärin werden?"

„Und das schaffe ich auch oder denken Sie, das wäre für mich nicht möglich, nur weil mein Vater keine Arbeit hat und Alkoholiker ist?" Susannes Augen funkelten, dann aber schlug sie sich die Hand vor den Mund.

Vermutlich wollte sie nicht so viel von sich preisgeben, überlegte Erna, war aber mehr interessiert als erwartet. „Und wird in diesem Buch auch erklärt, wie man es werden kann, das ist ja immerhin eine Menge Geld. Und wahrscheinlich wird das auch ziemlich lange dauern, bis man das gespart hat."

Das Mädchen sah sie nach dieser Äußerung fast mitleidig an.

„In dem Buch geht es darum, in die richtige Richtung zu denken, die richtige Einstellung zu haben. Ich habe mir bisher 3 Regeln aufgestellt: 1. Ich gestalte mein Leben selbst! Das ist verständlich, wenn man meine Familienprobleme kennt."

„Das ist ein guter Vorsatz", lobte Erna, „aber das wird nicht einfach sein. Und 2.?"

„Ich konzentriere mich auf die Chancen und nicht die Hindernisse. Deshalb lese ich auch mehr als die anderen in meiner Klasse und übe öfter. Ich brauche die besten Noten, damit ich später Stipendien und andere Förderungen beantragen kann."

„Du willst studieren?" Erna war beeindruckt vom Eifer des Mädchens und wie unbeirrt es auf sein Ziel zuging. Das war heute nicht mehr so oft anzutreffen.

„Nein, vielleicht später. Ich will eine Bäcker- und Konditorlehre machen und dann eine Meisterausbildung schaffen oder auch noch weiter auf eine Fachschule. Wenn man ein eigenes Geschäft haben möchte, dann braucht man das. Regel Nr. 3 sagt: Worauf ich mich konzentriere, das wächst, das nimmt zu."

„Da hast du eine Menge vor und ich finde es toll, was du dir vorgenommen hast. Aber ich kenne eine Menge Bäcker und Bäckerinnen, die absolut keine Millionäre sind. Was willst du denn anders machen als sie?"

„Aber die backen doch auch nur, was sie schon immer gebacken haben, also bekommen sie auch, was sie schon immer hatten. Ich will etwas absolut Einzigartiges machen mit den Rezepte von meiner Ma. Sie war eine tolle Bäckerin, aber dann wurde sie krank,

Krebs. Sie ist vor drei Jahren verstorben.“

Erna tat das Herz weh. Warum mussten Kinder schon so früh so viel Leid ertragen. Trotzdem blieb sie zurückhaltend, um das Mädchen nicht zu verschrecken.

„Und hast du die Rezepte schon einmal ausprobiert?“

Susanne hob die mageren Schultern. „Wie denn? Dazu braucht man Geld und meins reicht noch nicht. Irgendwann möchte ich damit viel Geld für die Ausbildung verdienen, aber…“

„Wie wäre es mit jetzt? Ich könnte in dein Geschäft einsteigen und erstmal das Material vorfinanzieren. Und wenn die Einnahmen ausreichen, kannst du auch alleine weiter machen.“

Susanne bekam große Augen. „Das wollen Sie wirklich, das wäre mega! Aber Sie machen das nicht nur, um an meine Rezepte zu kommen?“

Erna sah den wieder misstrauischen Blick und lachte. „Kindchen, ich bin 69, ich will garantiert kein Geschäft mehr eröffnen. Aber ich habe gebacken seit ich 14 war, vielleicht kannst du dir sogar etwas von mir abgucken?“

„Bestimmt!“ Jetzt lächelte Susanne wieder. „So toll wie Ihr Kuchen schmeckt, könnte das gut sein. Aber jetzt muss ich nach Hause, sonst regt sich mein Vater auf. Danke für den Tee und den Kuchen.“

„Und morgen bringst du am besten eine Zutatenliste mit, dann können wir anfangen.“

Sie sah nur noch den überraschten Blick der Kleinen und ein grü-
ßendes Winken, dann war sie verschwunden.

Erna saß noch einen Moment still auf ihrem Küchenstuhl und wartete darauf, dass sich ihre innere Stimme, ihre Gouvernante, meldete, die ihr immer genau sagte, was sie alles falsch machte.

Sie hatte genügend Bücher darüber gelesen, um zu wissen, dass
das, was da ablief, alles nur Bemerkungen waren, die sie ihr Leben
lang gehört und gesammelt hatte, zuerst von dem sehr strengen
Vater und dann die von Gottfried, ihrem nicht weniger strengen
Ehemann. Er war Lehrer an einer Berufsschule gewesen und schien
sie häufig mit seinen Schülern gleichzusetzen. Ständig hatte er sie
korrigiert oder regelrecht abgemahnt, natürlich *nur* um ihre geistige
Entwicklung zu fördern.

Und sie war am Anfang viel zu verliebt in ihn gewesen, um zu bemerken, dass sie das Ebenbild ihres Vaters geheiratet hatte.

Sie seufzte. Aber nun war er ja nicht mehr da und ihr völlig unwis-
senschaftliches Bauchgefühl sagte ihr, dass sie heute alles richtig
gemacht hatte.

 Gottfried hätte sie mit Sicherheit vor Kontakten mit einer kriminel-
len Familie gewarnt, aber ihr gefiel der Ehrgeiz des Mädchens.

Solche Kinder hatten es doppelt schwer, aus diesem vorgezeichne-
ten Leben auszubrechen. Und wenn Susanne das erreichte und sie
dabei helfen könnte, das würde spannend werden.

Sie spürte eine fast kribbelnde Vorfreude, als sie ihre Backvorräte in der kleinen Speisekammer überprüfte und ihr handgeschriebenes Backbuch hervorkramte, das sie über Jahrzehnte begleitet hatte.

Normalerweise waren ihr die Rezepte für die meisten Kuchen so vertraut, dass sie sie im Schlaf hätte backen können. Dafür brauchte sie das Buch nicht.

Dennoch blätterte sie noch eine ganze Weile staunend in dem Buch. Was für tolle Kuchen und Plätzchen sie schon ausprobiert hatte, um dann doch wieder jedes Wochenende das Gleiche zu backen.

Manche Männer schienen ihre Gewohnheiten so sehr zu brauchen, dass selbst ein anderer Kuchen schon heftig an ihrem Weltbild rüttelte.

Sie schüttelte den Kopf über diese ketzerischen Gedanken, wie Gottfried sie genannt hätte, denn es hatte in ihrer Ehe auch gute Zeiten gegeben und er hatte mit seinem übertriebenen Sicherheitsdenken auch reichlich für sie vorgesorgt. Mit dem was auf ihrem Bankkonto und im Depot lag, hätte sie längst schon in eine bequemere Wohnung oder ein besseres Viertel ziehen können. Aber ihr gefiel es hier, wo sie alles kannte und wo sie mehr von den Nachbarn wusste, als ihre Nachnamen. Sie ging zum Einkaufen viel lieber in den kleinen Laden an der Ecke, indem es so gut wie alles gab.

Nur wenn sie Backzutaten brauchte, dann traute sie sich in eines der großen Einkaufcenter, weil die die schweren Tüten dann auch ins Haus lieferten. Sonst machten ihr die zwei Treppen nicht das Geringste aus, sie ging sie häufig mehrmals am Tag, aber man musste auch nicht übertreiben.

Am nächsten Tag wartete sie ganz gespannt am Nachmittag, aber Susanne kam erst viel später und auch etwas geknickt. Sie schien geweint zu haben. Erna ließ sie in Ruhe ihren Tee trinken und ihren Kuchen essen, dann wartete sie geduldig.

„Ich wollte die Liste mitbringen, aber mein Vater hat mir das Backbuch weg genommen. Er hat versucht, alles was noch in der Wohnung ist zu verkaufen, wahrscheinlich braucht er wieder Geld. Wird jetzt nichts mehr aus unserem Versuch?"

Erna lächelte beruhigend. „Wir fangen einfach mit einem Rezept von mir an, bis du wieder an deine Sachen kommst. Ein bisschen Übung hilft bestimmt."

Jetzt grinste Susanne wieder. „Regel Nr. 4 ist neu: Wenn man die Beste sein möchte, braucht man Übung. Morgen legen wir los."

Aber am nächsten Tag kam Susanne gar nicht. Unruhig schaute Erna aus dem Fenster, aber auf der anderen Straßenseite war niemand zu sehen. Bisher war sie fast jeden Tag dort gewesen, sie hatte sie schließlich einige Tage beobachtet. Vielleicht weiß Edda etwas, überlegte sie und klingelte bei der Nachbarin. Die sah sie nur überrascht an, als sie sich nach dem Mädchen erkundigte.

„Da hast du was verpasst. Zwei Leute vom Jugendamt haben sie mitgenommen. Sie hat sich gewehrt, wie eine Wildkatze, aber die Männer haben sie überwältigt. Wahrscheinlich greift das Jugendamt ein, weil der Vater keine Miete zahlt und einfach verschwunden ist. Solche Kinder gehören in ein Heim, sonst werden sie genauso wie die Alten."

„Also da bin ich ganz anderer Ansicht! Solche Kinder können nichts für ihre Eltern, solche Kinder brauchen eine echte Chance. Und mehr braucht dieses Mädchen auch nicht. Darüber solltest du mal nachdenken."

Wieder in der Wohnung setzte sie sich ratlos an ihren geliebten Küchentisch. Wie viel Angst musste die Kleine jetzt ausstehen, ohne dass ihr jemand half? Ob sie im Jugendamt einfach anrufen könnte? Sie holte das dicke Telefonbuch, auf das Gottfried immer Wert gelegt hatte vom Schrank und begann zu blättern, als es klingelte. Sie rannte fast zum Eingang und riss die Tür so schwungvoll auf, dass ihr Susanne fast in die Arme gefallen wäre.

Sie zog das Mädchen wortlos in die Küche, drückte sie auf die Eckbank und musterte sorgenvoll das verweinte Gesicht. „Tee und Kuchen?"

Susanne nickte nur und Erna machte wortlos einen beruhigenden Kräutertee und schnitt ihr ein Stück von dem Apfelkuchen ab, den sie vorsorglich am Morgen gebacken hatte. Dann setzte sie sich einfach zu ihr und wartete.

Susanne begann etwas später zu erzählen, aber es fiel ihr schwer zu sprechen, weil sie zwischendurch immer schluchzte.

„Ich habe doch nichts Schlimmes gemacht und die wollen mich in ein Kinderheim stecken! Nur weil mein Vater verschwunden ist und keine Miete gezahlt hat. Ich bin 15 Jahre und sorge für mich seit ich 12 bin. Ich habe das Essen gekocht, ich habe die Wohnung sauber gemacht, aber ich schaffe es nicht die Miete zu zahlen, weil ich nicht genug Geld habe. Und die Rente, die ich bekomme, nimmt mir mein Vater meistens weg. Das ist so ungerecht!"

„Bist du weggelaufen?"

„Nein, aber ich habe die von Jugendamt belogen, ich habe behauptet Sie würden die Vormundschaft für mich übernehmen. Da haben sie mich gehen lassen, wollen aber morgen mit Ihnen sprechen. Ich wollte nur noch mal in die Wohnung und meine Sachen holen, dann hau ich einfach ab."

„Und willst auf alles verzichten? Die Bäckerlehre, den Meisterbrief und das eigene Geschäft?"

Der gequälte Gesichtsausdruck und die stärker fließenden Tränen, sagte Erna alles. Sie holte tief Luft und traf eine Entscheidung, die weder ihr Mann noch ihr Vater gut geheißen hätten.

Aber um die geht es hier auch nicht, dachte sie etwas trotzig, sondern um mich. Ich kann dem Mädchen helfen und ich mache das jetzt auch. Dennoch kam ihr Vorschlag noch etwas zögernd.

„Wenn wir genau das machen würden, was du dem Jugendamt gesagt hast, könnte doch alles so bleiben, wie du es geplant hast.

Und du hättest immer noch die Chance auf all das, was du dir wünschst, die Ausbildung, das eigene Geschäft."

„Geht das denn?"

„Das weiß keiner, wir machen es einfach. Komm mit. Der Vorteil dieser alten Häuser ist, dass jede Wohnung ein Kämmerchen hat, heute würde man Gästezimmer dazu sagen."

Sie öffnete eine schmale Tür zu einem Raum, in dem lediglich ein Bett, ein Kleiderschrank und ein kleiner Schreibtisch Platz hatten.

„Das sieht noch ein wenig sparsam aus, aber wir können es ja schöner machen. Über mir wohnt ein Maler, der hilft uns bestimmt, damit es mehr Farbe bekommt. Hier könntest du schlafen, im Wohnzimmer lernen und in der Küche beginnen wir dann mit deiner Eigenproduktion."

„Dann hole ich gleich meine Sachen und ziehe ein, ehe sie die Wohnung räumen. Danke, dass Sie mir helfen."

Erna tat das Herz weh, als Susanne zurückkam und sie sah, wie wenig Kleidung das Mädchen zum Anziehen hatte. Sie gab sich große Mühe ihr Entsetzen zu verbergen, um Susannes Stolz nicht zu beschädigen, überlegte aber schon die nächsten Einkäufe. Nachdem sie noch einige farbige Decken und Kissen beigesteuert und Susanne ein Poster über dem Bett befestigt hatte, sah der Raum schon ganz passabel aus.

„Wir brauchen noch einige Regale für deine Schulsachen und deine Backbücher", überlegte Erna gerade, als Susanne den Kopf schüttelte. „Ich habe kein Backbuch mehr. Mein Vater hat es zerrissen, ich habe nur noch zwei Seiten retten können."

„Auch dafür gibt es eine Lösung. Ich habe mir mal ein Buch gekauft, bloß weil mir der Einband so gut gefiel, aber ich habe nie etwas hinein geschrieben. Das wird jetzt dein Backbuch und meins zeige ich dir dann in der Küche."

Nachdem das Jugendamt am nächsten Vormittag zu Ernas großem Erstaunen einer Vormundschaft zugestimmt hatte, begannen beide ihre Back-Experimente in der Wohnküche.

Susi, wie Erna sie jetzt nannte, hatte die geretteten Rezepte fein säuberlich in das neue Buch eingetragen und wollte dazu auch noch neue finden und erproben. Beim ersten Muffin-Versuch, für den sie sogar ein besonderes Backblech für Minis verwendet hatte und Ernas Backschürze trug, legte sie großen Wert darauf alles alleine zu machen. Das Ergebnis war essbar, aber nicht spektakulär.

Das Mädchen schien nicht sehr enttäuscht, was Erna erstaunte.

Susi grinste nur. „Jetzt kommt Regel Nr. 5: Jeder Meister seines Faches hat mal katastrophal angefangen. Am Rezept liegt es nicht, das heißt die Zubereitung muss verbessert werden. Was habe ich falsch gemacht, wie wird es besser?"

Nachdem sie Erna fragend ansah, beeilte die sich, ihr Einiges zu erklären. „Wenn du zuerst die feuchten Zutaten wie Eier und Öl gut mischst und bei den trockenen Zutaten wie Mehl, Zucker, Backpulver und Nüssen auch so verfährst, und erst dann alles zusammenbringst, werden die Muffins lockerer. Dann hast du auch das Backpulver besser verteilt und brauchst nicht so lange zu rühren, am besten nur kurz mit der Hand."

Susi hatte alles sorgfältig mitgeschrieben. „Danke, morgen probiere ich es noch einmal."

Erna gefiel sehr, wie eifrig sie war und alles beachtete, was sie ihr sagte. Sie hätte früher gerne Kinder gehabt, aber Gottfried konnte keine zeugen oder wollte es auch nicht. Und einer Adoption hätte er nie zugestimmt, denn fremde Kinder kamen nicht in sein Haus. Aber jetzt hatte sie so etwas wie eine Enkelin, das alleine erschien ihr schon wie ein kleines Wunder.

Deshalb hatte sie auch den Maler sehr gut dafür bezahlt, dass er das Zimmer außer der Reihe in pink, lila und weiß verschönte. Die Jubelschreie von Susi, als sie aus der Schule kam, waren ihr Belohnung genug.

Nach einigen Versuchen waren die Mini-Muffins vorzeigbar und Susi verpackte sorgfältig die angefertigte Menge, um sie beim Kiezfest zu verkaufen. Auch Erna war gespannt auf das Ergebnis, befürchtet aber schon das Schlimmste, als Susi ziemlich niedergeschlagen nach Hause kam und sich enttäuscht auf die Bank kauerte.

„Was ist denn passiert? Hat sie keiner gekauft? "

„Mein schöner Plan ist gerade unbrauchbar geworden. Diese Muffins habe ich zwar verkauft, aber sie sind nichts Besonderes. Keiner hat gefragt, wann ich wieder verkaufe, keiner hat gesagt, dass sie wunderbar schmecken. Also kann ich damit auch keine Million verdienen. Sie schmecken zwar gut, aber auch nicht mehr. Jetzt habe ich keine Zukunft mehr."

Unglücklich stützte sie den Kopf in die Hände.

„Nimm es doch nicht so schwer", versuchte Erna sie aufzumuntern.

„Meine Großmutter hat früher immer behauptet, sie würde mit ihrem Brot eine Botschaft schicken, weil sie immer gute Gefühle in den Teig knetete. Vielleicht solltest du das auch mal probieren. Und jetzt ärger dich nicht länger, freu dich an der Sonne, der Kirschbaum blüht. Es wird wirklich Frühling."

Sie öffnete das Fenster weit und lächelte über den frechen Spatz, der schon seit Tagen vor dem Fenster hockte und sein Köpfchen so schief hielt, als wollte er etwas sagen.

Auch Susi kam mit ihrem Backbuch in der Hand zum Fenster, um den Kirschbaum zu betrachten. Als ein Windstoß die Blüten hereinwehte, lachte sie wieder fröhlich, übersah aber dabei aber den frechen Vogel, der in diesem Moment über die Seiten flog und etwas fallen ließ.

„Oh, du kleines Ferkel", rief Susi, musste dann aber wieder über den Dreckspatz lachen. Erna brachte ihr ein Küchenpapier.

„Wisch es einfach ab, man sagt ja dass so etwas Glück bringt. Und morgen probieren wir wieder etwas Neues. Wir versuchen emotionale Botschaften in die Muffins zu backen, die so gut wirken, dass sie jeder haben möchte."

Das wurde allerdings schwieriger als erwartet, da sich beide nicht so sicher waren, was man an positiven Gefühlen in die kleinen Kuchen bringen sollte.

„Auf jeden Fall soll es die reine Freude sein, schon wenn man reinbeißt. Man soll im ersten Moment gar nicht wissen, warum es so supertoll und lecker schmeckt", schlug Susi vor.

„Die Minis sind doch genauso süß wie Schokolade, da würde auch gut passen, wenn sich zwei dabei verlieben."

Susi sah Erna zweifelnd an. Und die atmete innerlich erleichtert auf. Das Thema Liebe schien Susi noch nicht so wichtig zu sein. Also schlug sie weiter vor: „Hoffnung brauchen wir unbedingt, denn ohne Hoffnung macht man keine Pläne und bemüht sich auch nicht etwas zu verändern oder zu erreichen Und ein bisschen Spaß muss auch sein."

Susi überlegte und entschied schließlich rigoros. „Das wird zu viel auf einmal, das Universum kriegt das bestimmt besser hin als wir. Jeder soll von den Wünschen, die wir hinein flüstern, genau das bekommen, was er braucht!"

Ob es an der Hinterlassenschaft des Spatzes lag, an den geflüsterten Botschaften oder der schwungvollen Musik, die dabei lief, konnte keiner mehr sagen, aber die nächsten Mini-Muffins waren spektakulär.

Und dieses Urteil aus dem Mund von zwei Fachfrauen zu hören, war für Susi das Größte überhaupt.

Erna war extra mit ihr in einen anderen Stadtteil gefahren, zu ihrer Schulfreundin Rosi, die selbst Bäckerin war, aber hauptsächlich Brot und Plätzchen verkaufte.

Inzwischen lebte auf Rosis großen Anwesen eine Gruppe von Beginen, Frauen aller Altersgruppen, die in einer Gemeinschaft zusammenarbeiteten. Eine dieser Frauen, Jasmin, war für das feine Gebäck zuständig, das auf Märkten und über das Internet verkauft wurde. Und sie hatte genauso wie Rosi, ganz verzückt auf diese Mini-Muffins reagiert.

„Rosi macht manchmal Plätzchen, die glücklich machen, aber ich glaube diese kleinen Kuchen können noch mehr. Sie können trösten oder wieder Mut machen, vielleicht sogar zum Verlieben beitragen. Habt ihr sie verzaubert oder ein anderes Wunder damit bewirkt?"

„Das sind unsere Geschäftsgeheimnisse", hatte Susi sofort grinsend erklärt und Erna mit einbezogen, die stolz an ihrer Seite stand.

„Ich knete immer gute Laune in mein Brot, deshalb kaufen es die Leute so gerne", erklärte Rosi. „Solche Tipps sind viel wichtiger als haargenaues Einhalten des Rezeptes. Hast du schon irgendwo in einer Backstube schnuppern können?"

Susi schüttelte den Kopf. „Nein, aber das würde ich sehr gerne. Ich muss noch eine Menge lernen, obwohl meine Oma ehrenhalber mir schon sehr viel gezeigt hat."

Erna, der bei dieser Bezeichnung vor Freude ganz warm wurde, winkte nur bescheiden ab.

„So etwas wäre gut, aber sie braucht ab nächstem Jahr auch eine richtige Lehre, denn sie hat noch sehr viel vor."

Die Bäckerinnen schienen der gleichen Meinung zu sein, weshalb Jasmin schließlich vorschlug: „Wenn du Lust hast, könntest du in den Ferien bei uns ein Praktikum machen und vielleicht später, wenn du mit der Schule fertig bist, auch eine Ausbildung beginnen. Aber das entscheidet unsere Meisterin. Da kommt sie gerade."

Erna und Susi hielten fast den Atem an, bis die ernst blickende ältere Dame, ebenfalls die besonderen Mini-Muffins gekostet hatte und den Vorschlag gleich lächelnd bestätigte.

Susis Jubelschreie hat man bestimmt noch im nächsten Stadtteil hören können, dachte Erna stolz und zufrieden. Noch auf dem Nachhause weg plapperte das Mädchen endlos und plante die nächsten Produktionen und Verkäufe.

Und als hätte wirklich ein Wunder gewirkt, lief von da an alles wie gewünscht. Regelmäßig freitags am Nachmittag bereiteten die beiden drei oder vier Bleche Mini-Muffins zu, mit Schokolade oder ohne, mit getrockneten Datteln, mit Heidelbeeren und viele andere Varianten, und jedes Mal kam Susi mit strahlenden Blicken zurück und zahlte das Geld in ihre „Geschäftskasse" ein.

Und jeden Morgen freute sich Erna wieder auf den neuen Tag, sie wurde gebraucht, das Leben hatte sie wieder. Dieses neue Leben genoss sie auch ausgiebig. Sie ging mit Susi zum Frisör und ließ

sich selbst auch eine pfiffige Kurzhaarfrisur

und eine blausilberne Spülung verpassen. Wenn sie Jeans und

Shirts für Susi kaufte, dachte sie auch an sich und kaufte sich Klei-

der, die Gottfried bestimmt schockiert hätten.

Aber der größte Schritt aus ihrer bisherigen Zurückgezogenheit und

Einsamkeit war die Anschaffung eines Laptops, den sie voller Vor-

freude gemeinsam mit Susi nach Hause trug. Jetzt konnte sie die

Welt erkunden, die sie immer so interessiert hatte, ohne je die

Chance zu bekommen auch an ihre Wunschorte zu reisen. Susi half

ihr, diese neue Welt zu verstehen und nach kurzer Zeit konnte sie

schon wesentlich mehr. als nur nach neuen Rezepten zu recherchie-

ren. Wenn sie sich noch manchmal an die Zeit erinnerte, in der sie

sich einsam und nutzlos gefühlt hatte, erschien ihr das, was jetzt

geschah, wirklich wie ein Wunder, aber ein hausgemachtes.

Die ganze Bande

„Es tut mir wirklich leid, ich weiß Sie hatten eine andere Mitteilung erhofft, aber Ihre Eileiter sind auf beiden Seiten so stark vernarbt, dass eine Schwangerschaft unmöglich ist. Da scheint es viele unbehandelte Entzündungen gegeben zu haben, leider kann man das auch nicht operativ korrigieren. Aber es gibt ja auch noch andere Möglichkeiten."

Die Frauenärztin lächelte mitleidig und schob Julia Kleist ein Material zu, in dem Pflegschaft oder Adoption eines Kindes erläutert wurde. Julia biss sich auf die Lippen und nahm die Unterlagen wortlos an sich.

Leider kam das für sie nicht in Frage, denn die Familie, die in solchen Regelungen als so wichtig betrachtet wurde, hatte sie nicht. Selbst schuld, dachte sie etwas zynisch. Schließlich hatte sie sich der Ärztin als verheiratet vorgestellt, weil es ihr immer noch ein wenig peinlich war, mit 32 Jahren ledig zu sein.

Es war schon komisch, sie hatte einige Schulfreundinnen, die bereits zweimal geschieden waren, aber bei ihr schien so etwas einfach nicht vorgesehen zu sein. Noch auf dem Heimweg schüttelte sie verständnislos den Kopf. Wie viele Frauen gab es, die ungewollt schwanger wurden und das Kind gerne los geworden wären? Wie viele Frauen bezeichneten ihre Kinder als Plagen und Belastung und wurden problemlos schwanger?

Und sie liebte Kinder über alles, konnte aber keine bekommen.

Das war so ungerecht!

Dieser Gedanke beschäftigte sie immer noch, auch als sie bereits wieder in ihrer Wohnung, ihrem Rückzugsort war. Sonst erfreute sie sich immer an den sanften Farben ihrer Wohnung, die sie ganz in weiß, rosa und violett eingerichtet hatte. Farben, die leider nie in ihrem Kinderzimmer aufgetaucht waren, weil ihre Mutter sie zu kitschig und ein schönes Kinderzimmer nutzlos fand.

Aber sie mochte die beruhigende Wirkung, die die Farbtöne auf sie hatten, nur heute spürte sie nichts davon. Fast blicklos starrte sie aus dem Fenster auf die kleinen Blumenbeete zwischen dem angenehmen Grün.

Aber heute half das auch nicht, zu groß war die Enttäuschung. Nachdem sie im Kühlschrank nach längerem Suchen noch eine Packung Vanilleeis entdeckt hatte, setzte sie sich an ihren Esstisch und begann das Eis zu löffeln, bis die ersten Tränen kullerten.

Wieso musste das Leben immer so kompliziert sein?

Sie mochte Kinder doch wirklich gerne. Sie interessierte sich für vieles, was Kinder betraf und dabei hatte sie ja auch Finn kennengelernt.

Schon früher hatte sie gerne geschneidert, aber ihre Mutter bestand auf einem „ordentlichen" Beruf, deshalb wurde sie Handelskauffrau. Das war nicht schlecht, sondern interessanter als erwartet, aber es füllte sie nicht aus, sie wollte lieber kreativ gestalten. Also begann sie in ihrer Freizeit zu nähen. Zuerst gestaltete sie Röcke, Hosen und Oberteile, um ihre eigene Garderobe passend zu ergänzen und mehr Abwechslung zu erreichen.

Dann fiel ihr auf, wie wenig kindgerecht manche Sachen waren, die eigentlich genau für Kinder produziert wurden. Deshalb suchte sie nach neuen Anregungen und begann attraktive Kinderkleidung zu nähen, in der sich Kinder auch wohlfühlen konnten und verkaufte sie einmal im Monat auf dem kleinen Markt am Rathaus.

Da war Finn an ihren Stand gekommen, um Sachen für zwei ganz entzückende Mädchen zu kaufen, von denen er nur ein Foto und die Kleidergröße hatte. Es seien die Töchter seiner Schwester hatte er gesagt. Das erklärte natürlich die Ähnlichkeit mit den beiden Zwei- oder Dreijährigen, die Julia mit ihren wilden blonden Lockenköpfchen ganz entzückend fand. Und nicht nur die Kinder hatte sie mehr als aufmerksam betrachtet.

Über Finn hätte ihre Freundin Jenny gesagt, er habe auch das gewisse Etwas, das über das Äußere hinausging. Dazu kamen große dunkelblaue Augen und Wimpern, für die eine Frau gemordet hätte. Fast zu schön, hatte sie gedacht, wenn nicht der Rest, ihn wieder in die Kategorie des Erreichbaren gebracht hätte.

Das Kinn war etwas zu breit, was ihn eher zupackend erscheinen ließ. Trotzdem stimmte der Gesamtpaket und Julia hatte Mühe ihren Atem unter Kontrolle zu bringen, als er ihr bei der Betrachtung der Kinderkleider immer näher kam.

Heilige Scheiße, was für ein toller Mann!

Natürlich hatte sie für ihn die besten Sachen ausgewählt und war auch sofort bereit, ihm ihre Handynummer zu geben, falls er Reklamationen habe oder weitere Sachen brauchte.

Es war nicht beim Einkaufen geblieben, schon eine Woche später hatte er sie zum Eis eingeladen. Danach waren sie lange am See spazieren gegangen.

Bisher hatte sie bei Männern selten über ihre schwierige Kindheit gesprochen, so etwas wollte kaum jemand hören. Aber Finn hatte sie direkt gefragt, also hatte sie ihm von ihrer Familie erzählt, aber die schlimmsten Sachen ausgelassen. Dass sie die Älteste von sechs Kindern war, hatte ihn sehr überrascht, da ihm solche Erfahrungen fehlten. „Ich habe mir immer Geschwister gewünscht, weil ich mir mit nur einer viel jüngeren Schwester immer wie ein Einzelkind vorkam. Schön, dass ihr so viele wart."

Julia hatte das bisher nicht immer so empfunden, nickte aber, weil sie sich in seiner Gegenwart überraschend gut fühlte, ein wenig aufgeregt, aber das gehörte doch sicher dazu. Noch war er nicht mehr als eine nette Bekanntschaft, aber eine sehr nette!

Deshalb hatte sie ihm auch noch nicht von der schweren Zeit erzählt, die sie erlebte, ehe sie zehn wurde. Damals hatte sie schon drei Geschwister und eine Mutter, die jeden Abend verschwand und mit ständig neuen Männern nachhause kam. Wenn sie nicht darauf geachtet und die Kleineren gefüttert hätte, wären sie vermutlich irgendwann bei der Jugendhilfe gelandet. Erst als Onkel Robert ihre Mutter heiratete, wurde das Leben für alle leichter. Aber die Bauchschmerzen, die sie als Kind in der ungeheizten Wohnung aushalten musste, ohne je einen Arzt zu sehen, hatten womöglich bleibende Schäden angerichtet. Nicht nur deshalb hatte sie sich bei Männern sehr oft zurück gehalten. Manchmal fürchtete sie auch, ähnliche Anlagen wie ihre Mutter zu haben und wenn sie wirklich Kinder hätte, ihnen keine gute Mutter sein zu können.

Bei Finn hatte sie zum ersten Mal seit langem wieder über Kinder nachgedacht, auch weil ihre Freundin Jenny sie immer wieder daran erinnerte, dass ihre biologische Uhr nicht zurückgestellt werden konnte.

Finn schien wirklich schon nach der kurzen Zeit ernste Absichten zu haben, wie es ihre Oma Thekla es ausgedrückt hätte, denn er fragte, ob sie Kinder mochte, wie viel sie sich wünschte und ähnliches. Und er schien irgendwie erleichtert, als Julia antwortete. „Am liebsten hätte ich eine ganze Fußballmannschaft."

Es blieb nicht bei einem Spaziergang, von da an telefonierten sie fast jeden Abend lange, erforschten Dinge, die Verliebte auf der ganzen Welt für enorm wichtig halten, wie die Lieblingsmusik, die Lieblingsfarbe, Lieblingsorte und vieles andere.

Sie sahen sich nicht so oft, wie Julia es sich gewünscht hätte, weil Finn als Vermessungsingenieur offensichtlich viele Überstunden machen musste, aber auch das gefiel ihr. Nicht alle Männer, die sie kannte, gingen so ernsthaft an ihren Beruf heran und stöhnten eher über die ständige Plackerei.

Die wenigen Stunden, die sie zusammen sein konnten, waren umso schöner. Sie hatte sich von ihm sogar überreden lassen, mit dem Fahrrad durch den Wald zu seinem geheimen Lieblingsplatz auf einer kleinen Anhöhe zu fahren, obwohl sie ihr Fahrrad schon seit zehn Jahren nicht mehr angesehen hatte.

Auch er, der sich als ausgesprochener Tanzmuffel outete, ließ sich von ihr überzeugen, mit ihr zum Salsa-Kurs zu gehen und schien sogar richtig Spaß dabei zu haben.

Alles war so viel versprechend und irgendwann hatte es dann auch eine wunderschöne Nacht mit ihm gegeben.

Wie sollte sie ihm jetzt diese Nachricht ihrer Ärztin beibringen? Finn schien Kinder wirklich sehr zu lieben. Und wenn er sich deswegen von ihr trennen würde?

Nein, ihr wurde ganz schlecht. Sie ließ sich auf ihr Sofa fallen und schlang die Arme um ihr Lieblingskissen. Wenn sie Finn verlieren würde, das wäre furchtbar, aber sollte sie eine Beziehung mit einer Lüge beginnen?

Sie stöhnte und warf sich auf die Seite. Egal, wie sie sich entscheiden würde, es wäre bestimmt falsch. Vielleicht wäre er ja offen für eine Adoption, aber was wenn nicht?

Also würde sie einfach noch ein wenig warten. Nicht, dass sie ihn absichtlich belügen wollte, sie würde einfach darauf warten, bis ihr eine bessere Strategie einfiel, um ihn zu überzeugen.

Viel später an diesem Tag, die Sonne war schon untergegangen, saß Finn am Bett seiner Töchter und quälte sich mit ähnlichen Gedanken. Für kein Geld der Welt würde er seine Kinder eintauschen wollen, aber dass er Julia die Wahrheit verschwieg, machte ihm mehr zu schaffen, als erwartet. Sie war anders als alle Frauen, die er bisher getroffen hatte, seit er mit den Kindern alleine war.

Anfangs war er noch der Meinung, dass es leicht sei, wieder jemanden zu finden, nachdem Jeanette ihn Hals über Kopf verlassen hatte, ohne zurückzublicken und ohne je nach ihren Kindern zu fragen.

Aber sobald er jemand Nettes kennenlernte und seine Kinder nur erwähnte, hoben die Frauen entsetzt die Hände und verschwanden. Und selbst die, denen er die Kinder vorgestellte, sah er nicht wieder. Das war auch für die Kinder schwer zu verstehen und meist hatten sie bitterlich geweint.

Deshalb entschied er sich, über seine Kinder zu schweigen, bis er die Richtige treffen würde, die wirklich zu ihm *und* zu den Kindern passen würde. Eigentlich war er schon mutlos geworden, bis er Julia traf. Als wäre für ihn ein Stern vom Himmel gefallen, so hatte er sich gefühlt, als er sie auf dem kleinen Markt gesehen hatte. Die blonden Locken ließen sie fast aussehen, wie seine Mädchen, Sonny und Svea und ihre blauen Augen blitzten genauso abenteuerlustig wie die seiner Jungs, die nur ein Jahr älter als die Mädchen waren. Und dass Julia Kinderkleidung nähte, erschien ihm wie ein gutes Omen. Sollte er endlich mit ihr über seine Kinder sprechen? Und was war, wenn ihr das alles auch zu viel war? Immerhin waren vier Kinder doch eine ziemliche Überraschung für jede Frau.

Er schüttelte frustriert den Kopf. Irgendwann musste er den Schritt wagen, aber vielleicht war die Zeit noch nicht reif. Sie hatten gerade eine wundervolle gemeinsame Nacht gehabt und der sollten noch viele folgen, wenn es nach ihm ginge. Also würde er einfach noch ein wenig warten und das langsamere Tempo beibehalten.

Aber das Schicksal schien für ihn etwas anderes zu planen. Am nächsten Tag kam die Nanny, mit der er sich bei der Betreuung der Kinder abwechselte, wenn er im Home-Office arbeitete, mit einer schlechten Nachricht.

„Es tut mir außerordentlich leid, ich muss sofort kündigen. Meine Mutter ist gestürzt, sie liegt im Krankenhaus und mein Vater ist gehbehindert, ich muss ihn versorgen. Ich weiß, dass ist jetzt alles sehr ungünstig für Sie, aber ich muss noch heute fahren. Vielleicht finden Sie ja einen Ersatz bei der Vermittlungsagentur."

Finn holte tief Luft, versuchte aber Verständnis zu zeigen, allerdings konnte die Agentur, wie er schon erwartet hatte, natürlich keine schnelle Vertretung bereitstellen. Die freundliche Dame bemühte sich am Telefon sehr und versicherte ihm, dass sie sofort

anrufen würde, sollte sich jemand Geeignetes finden. Zum Glück
sprang Finns Schwester Finnja ein, allerdings nur für zwei Tage,
dann hatte sie wieder einen Einsatz als Visagistin bei einer Film-
produktion.

Obwohl sich die Vermittlungsagentur gar nicht gemeldet hatte,
stand am Nachmittag des zweiten Tages eine ältere Frau vor Finns
Tür und stellte sich als Nanny vor. Sie machte einen freundlichen,
kompetenten Eindruck und schien auch gut mit Kindern umgehen
zu können, denn die stürzten regelrecht zu ihr, obwohl sie sonst bei
Fremden sehr zurückhaltend waren.

Finn atmete auf und stellte sie sofort ein, obwohl ihm manches
doch ein wenig sonderbar vorkam. Aber wer war er schon, dass er
darüber richten konnte, was ältere Damen trugen? Wenn ihr ein
Strohhut mit Blumen auf dem Kopf gefiel, war das ihre Sache.
Wenn sie nett zu den Kindern war, konnte sie seinetwegen aussehen wie Mary Poppins!

Auch Julia hatte dieses Bild sofort im Kopf, als sie an dem kleinen
Spielplatz im Park Halt machte. Sie hatte heute frei oder besser
gesagt, sie bummelte Überstunden ab. Vorsorglich hatte sie ihren
Zeichenblock dabei, um Anregungen zu sammeln, aber ihr erster
Blick fiel nicht auf die Kinder, die spielten und tobten, sondern auf
den Blumenhut der älteren Dame, die am Rand auf einer Bank saß
und sie anlächelte. Als wäre eine ältere Version von Mary Poppins

von der Leinwand gesprungen, allerdings ohne den berühmten
Schirm. Gab es solche feenähnliche Geschöpfe wirklich? Dann
wäre jetzt die beste Gelegenheit für ihren Herzenswunsch.

Julia lächelte ein wenig über sich selbst, freute sich aber, als ihr die
Frau zuwinkte und setzte sich zu ihr, gespannt darauf, was sie von
ihr hören würde.

Es wurde ein sehr nettes Gespräch, denn die alte Dame war gut
informiert darüber, was Kinderkleidung belastbarer, praktischer,
aber auch hübscher machte und gab viele Tipps.

Und sie erzählte auch eine ganze Menge, vor allem über die beiden
Mädchen, die ab und zu heraneilten, um zu naschen und Julia mit
ihren blonden Locken irgendwie bekannt vorkamen.

Aber das konnte ja nicht sein, vielleicht war es eher so, dass sie
Kinder generell hübsch fand und von diesen Blondköpfen sollte es
sogar vier geben, wie die Nanny gerade erzählte.

Julias Herz krampfte sich schmerzhaft zusammen. Vier hübsche
und gesunde Kinder! Und sie hatte keine Hoffnung, jemals *ein*
Kind im Arm halten zu können!

„Wissen Sie, manche Frauen kann man einfach nicht verstehen.
Die Mutter dieser Kinder hatte zweimal Zwillinge, das war sicher
nicht einfach. Aber sie hat sie gesund zur Welt gebracht und wahrscheinlich auch jeden Tag gesehen wie goldig sie sich entwickeln
und haut dann plötzlich mit einer Rockband ab, um ein Star zu
werden. Sie lässt den Mann mit vier Kindern zurück und hat sich

seitdem mit keiner Silbe nach ihren Kindern erkundigt."

Julia tat das Herz noch mehr weh, als sie das hörte. Die armen Kinder! Aber sie dachte auch ganz hinten in ihrem Kopf: Hätte das Schicksal, das hinterlistige Biest, es nicht so einrichten können, dass ich so einen Mann kennenlerne?

Oder das Finn dieser Mann wäre? Aber das war wieder so unvorstellbar, dass sie lächeln musste.

Die alte Dame sah sie bei diesen Gedanken so wissend von der Seite an, dass sich Julia bemühte, etwas Nichtssagendes nachzuschieben. Aber der Gedanke einen Mann mit Kindern zu treffen oder eine Familie zu heiraten, setzte sich in ihrem Kopf fest. Das wäre die Lösung für alle Probleme, aber würde sie dafür Finn aufgeben wollen? Das machte ihr wieder das Herz schwer und sie schüttelte unwillig den Kopf.

Die Nanny neben ihr war gerade aufgestanden, sie lächelt irgendwie gütig zu ihr herab und drückte ihre Schulter ermutigend. „Es wird alles gut! Machen Sie sich nicht zu viele Gedanken, Sie sind schon kurz vorm Ziel. Kommt Kinder, wir holen jetzt eure Brüder aus der Kita ab. Wir sind morgen gegen Abend wieder hier, vielleicht treffen wir Sie wieder?"

Julia nickte nur und spürte etwas überrascht in sich hinein. Seit der Begegnung mit dieser sonderbaren Nanny fühlte sie sich fast getröstet, viel zuversichtlicher als vorher. Sie blickte abschätzend auf ihren Block, das waren wirklich tolle Ideen, die sie aus dem Gespräch festgehalten hatte und die würden sich nicht von alleine umsetzen. Aber sie wusste schon ganz genau, womit sie beginnen würde und hatte dabei immer das Bild der beiden Blondköpfchen im Sinn. Irgendwann hätte sie diese Familie, die ihr vorschwebte und dann würde sie nur noch nähen. Irgendwie übertrug sich das auch auf ihre Arbeit und die Teile fügten sich fast von selbst zusammen, wie durch ein Wunder.

Obwohl sie am nächsten Nachmittag wirklich schlechte Laune hatte, immerhin hatte sie einen halben Tag damit zubringen müssen, den Fehler in der Buchhaltung eines Mandanten zu finden, den ein schlampiger Kollege verursacht hatte, zog es sie wieder zum Spielplatz in dem kleinen Park. Ihr wurde sofort leichter ums Herz, als sich die beiden Mädchen auf sie stürzten und sie begrüßten.
„Nanny Wunderlich hat uns erzählt, dass du Kleider machst. Wir haben auch hübsche, neue", erzählte Sonny.
„Aber die ziehen wir nicht zum Spielen an", ergänze Svea. „Magst du gerne Pink? Wir auch."
Dann rannten sie wieder zu den anderen. Die beiden Jungs zeigten sich eher zurückhaltend, fast ein wenig misstrauisch. Julia musste unwillkürlich lächeln, obwohl sie höchstens etwas älter als Drei sein konnten, wollten sie schon deutlich machen, wer hier die Platzhirsche waren. Das kannte sie von ihren jüngeren Geschwistern auch und deshalb nutzte sie das Buch, das sie vorsorglich ein-

gepackt hatte und las ihnen die Geschichte von Cinderella vor, bei der sich alle vier Kinder und noch einige mehr, höchst interessiert um die Bank scharten.

„Erzählst du uns wieder von Ella, die ist bestimmt so hübsch wie du?" Das war die erste Frage von Sony und Svea, immer dann, wenn sie sie wieder traf. Und der Name Ella blieb an ihr hängen. Julia freute sich sehr darüber, obwohl sie wusste, dass die Mädchen das Wort Cinderella einfach noch nicht aussprechen konnten.
Sooft sie Zeit erübrigen konnte, eilte sie zum Spielplatz im Park, um die Kinder zu sehen. Es war fast wie eine Sucht, denn vor sich selbst rechtfertigte sie ihren Wunsch bei den Kindern zu sein, mit notwendigen Studien für neue Modelle. In Wirklichkeit wuchsen ihr diese Kinder mehr und mehr ans Herz.
Aber sie liebte auch Finn und irgendwann müsste sie zu ihren Problemen stehen und ihm die Wahrheit sagen, vielleicht wäre ja eine Adoption immer noch möglich. Aber wenn Finn auf eigenen Kindern bestand?
Darüber dachte sie ungern nach, hatte sich aber für alle Eventualitäten eine Lösung überlegt. Falls sie wirklich alleine blieb, würde sie ihren Job kündigen und als Nanny arbeiten. Aber das träfe hoffentlich nie ein.

Zwei Tage später schienen sich alle ihre Wünsche in Luft aufzulösen. Der Samstag hatte mit strahlendem Sonnenschein begonnen und sie hatte gute Laune. Ihre Modelle für den nächsten Markttag waren bereits alle fertig genäht und sahen einfach hinreißend aus. Am Nachmittag war sie mit Finn verabredet und sie freute sich wie immer, als er vorschlug das Eiscafé zu testen, das gerade vor einer Woche eröffnet hatte. Natürlich wäre sie lieber mit ihm irgendwo alleine gewesen, aber Eis war an diesem Tag genau richtig. Sie hatte gerade den ersten Löffel Mangoeis gekostet, als die Inhaberin an den Tisch trat und Finn freundlich anlächelte. „Schade, dass sie heute Ihre Kleinen nicht dabei haben, wir hatten neulich so viel Spaß mit ihnen."

Julia glaubte sich verhört zu haben und schaute Finn fragend an. Der sah nur nach unten und murmelte eine Bemerkung, mit der die Inhaberin zufrieden war, Julia aber nicht.

„Du hast Kinder?"

Eigentlich brauchte sie keine Antwort, sie sah seine entsetzte Miene, die sein schlechtes Gewissen kaum verbergen konnte.

„Ich weiß, ich habe dir nicht die Wahrheit gesagt, aber ich wollte dich erst besser kennenlernen. Aber jetzt weiß ich, du bist die Richtige für mich und meine vier Kids."

Julia hatte ihn entsetzt angesehen. „Du hast vier Kinder und hast mir nichts davon gesagt? Du hast mich eiskalt belogen!"

Ihre Stimme kiekste vor Empörung, aber Finn bemerkte es nicht.

Als sie sich umdrehte, um zu gehen, konnte er das nicht verstehen.

„Aber du wolltest doch Kinder."

„Ja, aber doch nicht so!"

Dann war sie weggerannt. Und in Gedanken tat sie das noch immer. Auf dem Weg in die Wohnung überwog eher die Wut, belogen worden zu sein, sich als Spielball der Launen eines Mannes zu fühlen, dann aber noch mehr die Enttäuschung. Wer über solche wichtigen Dinge nicht die Wahrheit sagte, dem konnte man nicht vertrauen!

Jenny versuchte sie am Telefon zu trösten, aber wie könnte sie schon nachvollziehen, dass sich Julias wunderschönes Zukunftsmärchen gerade in Luft aufgelöst hatte und Tränen daran nichts ändern konnten. Obwohl nach einigem Überlegen auch andere Gedanken auftraten.

Hatte sie eigentlich das Recht, sich so über seine Lüge aufzuregen? Hatte sie nicht auch etwas Wichtiges verschwiegen und versucht „kreativ" mit den Tatsachen umzugehen? Was war eigentlich so schlimm daran, dass er Kinder hatte? Hatte sie sich nicht immer viele gewünscht? Ja natürlich!

Also was sprach denn gegen die Kinder, die nun mal zu Finn gehörten? Sie stöhnte. Das waren zu viele Fragen, auf die es keine Antwort gab oder Antworten, die ihr nicht gefielen. Denn irgendwie war sie auch von sich enttäuscht. Sie, die Kinder angeblich so liebte, hatte seine Kinder abgelehnt, ohne sie je gesehen zu haben.

So sollte sie nicht sein und so wollte sie auch nicht sein.

Zwei Tage dachte sie angestrengt über die Situation und ihre Entscheidungen nach. Die Urlaubstage, die sie dafür brauchte, schienen ihr angemessen zu sein. In dieser Zeit blockte sie alle Kontaktversuche Finns ab, der sich jeden Tag meldete und sich erklären wollte. Obwohl die 15 rote Rosen, mit denen er um Verzeihung bat, schon einige Wirkung zeigten. Denn sie halfen dabei, sich endlich schonungslos die Frage aller Fragen zu stellen: Wollte sie ein Leben ohne Finn?

Und das war einfach unvorstellbar, dafür liebte sie ihn viel zu sehr. Würde sie erwarten, dass er seine Kinder verließ, nur um mit ihr zusammen zu sein? Nein, auf keinen Fall!

Also müsste sie endlich handeln und mit ihm sprechen. Entschlossen ging sie ins Bad, um sich zurecht zu machen. Auf Finn wollte sie keinesfalls verzichten. Das war klar. Und wenn seine Kinder zu ihm gehörten, dann sprach auch nichts mehr gegen das *Gesamtpaket!*

Jetzt war sich Julia sicher: Sie besaß genügend Erfahrung mit Kindern und genügend Liebe, um zu bewältigen, was auf sie zukommen könnte. Vielleicht würde sie mit vier kleinen Kindern nicht mehr in ihrem Beruf arbeiten können, aber auch das wäre kein Verlust. Sie würde vielleicht sogar mehr Zeit zum Nähen haben und vier Models, für die sie das ganz bestimmt gerne machen würde. Wieso hatte sie nicht einmal nach dem Alter der Kinder gefragt?

Das schien ihr aus jetziger Sicht so lieblos zu sein. Die Kinder konnten doch garantiert nichts für ihre Missverständnisse. Und sie liebte doch Kinder!

Ja, sie würde zu ihm gehen, auch wenn ihr das nach dem dramatischen Abgang sehr schwer fiel und jetzt würde sie alles wieder in Ordnung bringen. Vielleicht waren ja seine Kids auch so entzückend, wie die aus dem Park?

Sie grinste ein wenig. Natürlich war das kaum wahrscheinlich, aber hoffen durfte man doch! Vorher würde sie jedoch zum letzten Mal zum Spielplatz im Park gehen, um sich von diesen reizenden Kindern zu verabschieden.

Sie sah den Blumenhut der alten Dame schon von weitem, aber die Kinder tollten heute nicht so übermütig herum wie sonst.

Die Mädchen kuschelten sich auf der Bank an ihre Nanny und die Jungs saßen zu ihren Füßen, während sie ihnen etwas erzählte.

Als sie Julia wahrnahmen, stürzten die Mädchen auf sie zu, um sie aufmerksam zu mustern. „Du bist doch nicht krank, oder?"

Svea sah sie besorgt an und Sonny setzte fort. „Und du hast uns auch nicht vergessen? Du warst so lange nicht da."

Erst als Julia lächelnd verneint hatte und auf der Bank Platz nahm, erfuhr sie den Grund für die gedrückte Stimmung. Sonny, die etwas mutigere der beiden erklärte ihr: „Unser Papa ist den ganzen Tag so traurig, weil seine Freundin ihn nicht mehr mag und uns wahrscheinlich auch nicht."

„Deshalb haben wir ihm vorgeschlagen", setzte Svea fort, „dass er unsere Ella heiraten soll, denn dich haben wir lieb und das macht er bestimmt auch."

Julia lächelte ein wenig wehmütig. „Aber ich kenne deinen Papa doch nicht, also kann nichts daraus werden."

Während sich sie Mädchen noch ratlos ansahen, meldete sich einer Jungs, der unter der Bank hervorgekrochen war. „Aber du könntest ihn kennenlernen. Er steht genau hinter dir."

Julia drehte sich überrascht um und wäre beinahe, wie in einem alten Roman in Ohnmacht gefallen. Sie starrte Finn an und hätte fast gestottert. „Das sind deine Kinder?"

Finn strahlte stolz. „Genau, das sind meine, die ganze Bande. Ich wusste nicht wer Ella ist, aber da meine Kinder so begeistert waren, wollte ich sie wenigstens kennenlernen. Und ich muss sagen, sie haben genauso einen guten Geschmack wie ich und lieben dich jetzt schon, genau wie ich."

Julia seufzte nur, als er schon fortsetzte. „Und wir möchten dich so gerne bei uns haben, die ganze Bande und ich. Was sagst du?"

Julia seufzte noch einmal, denn ihr ging das Herz auf.

Das könnte das größte Abenteuer ihres Lebens sein, aber auch das größte Glück. Worauf wollte sie eigentlich noch warten?

Eilig stand sie auf und trat zu Finn. „Ich muss dir auch noch einiges sagen, ich war im Unrecht und es tut mir wirklich sehr leid. Vielleicht war ich damals im Eiscafé einfach überfordert, aber inzwischen weiß ich genau, dass ich nicht verzichten will. Nicht auf dich und nicht auf deine Kids. Dafür liebe ich euch viel zu sehr, dich und deine ganze Bande."

Den Jubel der Kinder nahm sie kaum wahr, weil Finn sie sofort in seine Arme gezogen hatte und ihr das Gefühl gab, genau dorthin zu gehören.

Erst einige Wochen später, als Julia schon bei Finn eingezogen war und Nanny Wunderlich sich verabschiedet hatte, rief Finn bei der Vermittlungsagentur an, um das beste Arbeitszeugnis aller Zeiten zu übermitteln. Allerdings erklärte ihm die zuständige Dame am Telefon, sie kenne keine Frau Wunderlich und habe niemanden vermittelt. Auch als Finn die Frau beschrieb, klärte sich das Problem nicht. Als er beim Abendbrot seine Irritation schilderte, riefen die Mädchen wie aus einem Mund: „Dann war sie bestimmt eine gute Fee, wie im Märchen."

Finn lächelte und flüsterte in Julias Ohr. „Ob sie eine Fee war oder nicht ist egal, wichtig ist nur, dass sie mir mein ganz persönliches Wunder gebracht hat!"

Herzkirschen im November

„Dann geh doch, hier braucht dich sowieso keiner!" Nicole Schlegel warf die Tür krachend hinter ihrem Ehemann zu. Sie fuhr sich aufgebracht durch ihre rotblonden Locken und hätte am liebsten noch gegen die Tür getreten. Das war der dritte Krach in nur einer Woche!

Und wie immer haut er einfach ab, dachte sie wütend. Er hört sich nicht einmal mehr an, was ich zu sagen hatte. Er hebt nur die Hände, als wäre alles zu viel für ihn und verschwindet. Was habe ich bloß früher an diesem Kerl gefunden?

Er war so egoistisch, immer gingen seine Interessen vor. Was ihn interessierte war von Bedeutung, was sie wollte, war immer ohne Belang. Genauso hatte er sich heute wieder verhalten. Sie hatte für morgen Gäste eingeladen, ein Ehepaar, mit dem sie bekannt war und hatte den ganzen Nachmittag in der Küche gestanden und eine komplizierte Torte vorbereitet.

Aber ihm waren diese Leute zu langweilig, er wollte lieber morgen zum Fußballspiel seines Vereins. Ihm waren seine sogenannten Freunde wichtiger, als ihre Familie und ihre Freunde. Etwas gemeinsam zu unternehmen, das schien für Knut offensichtlich undenkbar, er ließ sie wieder mal alleine, wie schon so oft. Früher war er nie so, wie konnte sich ein Mensch nur so verändern?

Als sie sich neulich bei ihrer Freundin Josy darüber beklagte, hatte die ihr nur leicht überheblich geantwortet. *Niemand weiß, ob die Partner so bleiben, wie sie früher waren. Deshalb heißt es ja auch nicht Hei-Wissen, sondern Hei-Raten!*

Josy konnte das natürlich leicht so sagen, sie hatte schließlich Glück mit ihrem Mann, der sie immer noch vergötterte. Und das nach über zwanzig Jahren Ehe!

Nicole seufzte, sie hatten auch im gleichen Jahr geheiratet, aber ihr Mann las ihr nicht die Wünsche von den Lippen ab, wie es Josys Mann tat. Wenn man so angebetet wurde, da war es leicht solche klugen Sätze zu sagen, wie Josy sie immer auf Lager hatte:

Mit einem Ehemann ist es genauso wie beim Gebrauchtwagenkauf. Du nimmst ihn wie besehen und kannst dann nicht einfach umtauschen, falls irgendwo was klappert.

Umtauschen wollte Nicole ihren Mann ja eigentlich nicht, ein bisschen ändern hätte schon genügt.

Sie stöhnte und hätte sich jetzt am liebsten ihr Lieblingseis aus dem Kühlschrank geholt oder den Pralinenkasten geöffnet, der für ihre Schwester bestimmt war, dachte aber sofort an die neuen Jeans, die schon ziemlich knapp saßen und tobte sich stattdessen lieber in der Küche aus.

Nur schade, dass sie ihm mit dem Geklapper nicht auf die Nerven gehen konnte, denn das hätte sie jetzt liebend gerne getan. Aber ihr würde schon etwas einfallen, wie sie ihm das heimzahlen könnte. Frauen gehen nie wütend ins Bett, das hatte sie mal gelesen. Und das würde sie auch nicht tun, denn Frauen bleiben munter und planen ihre Rache.

Während sie in der kleinen Küche wirtschaftete, fiel ihr ständig noch mehr ein, was sie schon seit langem störte, diese Wohnung zum Beispiel oder auch das ganze Haus. Klar damals, als sie unerwartet schnell schwanger wurde, waren sie überglücklich, dass ihnen die Eltern von Knut ihre Genossenschaftswohnung überließen und ins Umland zogen. Auch als kurz danach das zweite Kind kam war es immer noch ein großer Vorteil, eine Kita fast vor der Haustür zu haben. Aber inzwischen waren Adrian und Dominik schon längst aus dem Haus, hatten seit sie 18 wurden, eigene Wohnungen oder düsten durch die Welt und sie hing immer noch in der Platte und in dieser Siedlung fest.

Ihre Freundin Josy hatte es wirklich besser gemacht. Sie hatte sich so schnell wie möglich aus dieser öden Gegend abgeseilt und ein Haus in der nahegelegenen Kleinstadt gekauft, das zwar baufällig war, sich aber mittlerweile zu einem Schmuckstück gemausert hatte. Josys Mann war Architekt und hatte seiner Frau das Haus ihrer Träume gebaut.

Und was machte ihr Mann? Er fühlte sich in seinem Kiez wohl und wollte gar nicht woanders hinziehen, auch nicht ihr zuliebe.

Und wann hatten sie diese Wohnung zum letzten Mal renoviert? Das musste so lange her sein, dass sie sich nicht einmal mehr erinnern konnte. So oft wie sie mit ihm darüber gesprochen hatte, hätten sie inzwischen schon zwei Wohnungen renoviert haben können. Sie stöhnte wieder resigniert. Oma Hermine, die Weisheit in Person, hatte wie immer recht. Erst neulich hatte sie festgestellt: *Niemand weiß wirklich, ob Männerohren funktionieren oder ob sie nur Deko sind!*

Wütend knallte Nicole die zahlreichen Rührlöffel in die Schublade zurück. Natürlich würden die Nachbarn diesen Lärm hören. Sollen sie doch, sie war sauer und das konnte jeder wissen!

Als sie gerade den Abwasch beendet hatte, klingelte es. Sie schaute unruhig zur Uhr. Sollte ihr Mann doch zurück gekommen sein? Na, der konnte sich jetzt was anhören!

Schwungvoll riss sie die Tür auf und schaute überrascht in das lächelnde Gesicht einer alten Dame mit grauen Löckchen und einem höchst interessanten Hut. Eine ziemlich kühne Entscheidung, hier in einer Plattenbausiedlung einen Hut mit großen Blumen zu tragen, schoss es ihr durch den Kopf, dann beeilte sie sich zu fragen. „Kann ich Ihnen helfen, suchen Sie jemanden?"

„Ich wollte eigentlich zu Frau Rosenbaum in der 5. Etage, habe aber gehört, dass sie zu ihrer Tochter gefahren ist. Ich hatte etwas Obst für sie, das ich nicht wieder mitnehmen möchte. Darf ich es Ihnen hier lassen?"

Während sie sprach, zog sie die Verpackung zur Seite und reichte Nicole eine Schachtel mit großen prallen Kirschen hin.

„Herzkirschen im November, das ist wirklich selten", murmelte

Nicole, während sie die Schachtel hielt und ihre Blicke gar nicht mehr von den Früchten lösen konnte, sondern eher wie hypnotisiert darauf starrte. „Die würde ich Ihnen gerne abkaufen, die sehen wirklich toll aus."

Als sie wieder hoch sah, zwinkerte sie erstaunt. Wo war denn die alte Dame hin? Sie konnte doch nicht so einfach verschwunden sein. Aber da keine Fahrstuhlgeräusche zu hören waren, musste sie die Treppe genommen haben. War man in diesem Alter tatsächlich noch so erstaunlich flink?

Egal, jetzt schienen die Kirschen noch mehr zu leuchten und sie konnte es kaum erwarten, sich die ersten in den Mund zu schieben. Noch tropfnass vom Abwaschen, fühlten sie sich auf ihrer Zunge einfach köstlich an. Hatte sie jemals so etwas Aufregendes und Wunderbares gegessen? Sie erinnerte sich nicht.

Ihre Wut und ihr Ärger waren nach der ersten Kirsche verflogen, als hätte es sie nie gegeben. Sie war nur von diesem einzigartigen Geschmack erfüllt und hätte am liebsten alle Früchte gegessen, ließ aber doch noch einige in der Schale im Kühlschrank liegen.

Der Fernseher lockte sie heute nicht, genauso wenig, wie der neue Krimi, den sie gerade begonnen hatte. Das wunderbare Gefühl, diesen zauberhafte Geschmack der Herzkirschen wollte sie nicht mit etwas Banalem verwässern. Also ging sie nach einer ausgiebigen Gesichtspflege und ohne weiter nachzudenken, mit diesem unerwarteten Glücksgefühl gleich schlafen.

Knut Schlegel sah die Kirschen erst, als er auf der Suche nach einer Wasserflasche die Kühlschranktür öffnete. Den ganzen Abend war er durch die Gegen gelaufen, bloß um sich nicht seinen angstvollen Gedanken stellen zu müssen. Seine Ehe schien in wirklich großer Gefahr zu sein, diesen Verdacht hegte er schon länger. Zwar behauptete seine Großmutter immer: *Echte Liebesgeschichten gehen nie zu Ende.*

Aber auch ein Kalenderspruch einer klugen Dichterin, war keine Garantie für ihn. Sein Freund hatte behauptet, die Eheprobleme kämen von den Wechseljahren und da müsse er einfach durch, aber er wusste es besser.

Als die Jungs aus dem Haus waren, hatte er sich so darauf gefreut, mit seiner Nicole wieder ein Paar zu sein. Wieder Dinge zu unternehmen, wie damals, als sie jung und verliebt waren.

Aber sie schien immer nur Leute einladen zu wollen, die ihn nicht interessierten, bloß um nicht allein mit ihm zu sein. Das tat weh! Und an allem nörgelte sie herum, vor allem an der Wohnung. Er wollte kein Haus in irgendeinem Kaff, er wollte genau hier wohnen und verstand die Kritik am Plattenbau überhaupt nicht.

Von seinen Freunden, die sich für die Umwelt und Plant-for-the-Planet einsetzten, wusste er, dass sie in der Platte schon ziemlich ökologisch wohnten. Und das war wichtiger, als irgendein Protzbau auf der grünen Wiese.

Dennoch beschäftigten ihn ihre Vorwürfe immer noch, bis er die

Kirschen bemerkte, die so appetitlich aussahen, dass er sofort zu-
griff. Und sie schmeckten auch so absolut einzigartig, dass er ver-
wundert den Kopf schüttelte. Er machte sich eigentlich nichts aus
Obst oder anderen süßen Sachen, aber diese Kirschen hatten einfach etwas Unbeschreibliches. Er konnte nicht aufhören, bis er alle
gegessen hatte. Danach fühlte er sich irgendwie getröstet und zu-
versichtlich, dass er etwas beruhigter schlafen ging.

In dieser Nacht schlief er tief und fest und träumte von dem Moment, an dem ihm bewusst wurde, dass er Nicole liebte, dass sie die
Eine für ihn war.

Es war Silvester und sie waren alle ein wenig aufgeregt, weil man
eine Jahrtausendwende garantiert nur einmal erlebt. Sie waren bei
Bekannten eingeladen, die in einem exklusiven Neubau mitten in
der Stadt lebten. Nicole und er kannten sich damals gerade ein halbes Jahr und manchmal hatte er das Gefühl, als ob sie ihn nicht
ernst nehmen und sich lieber noch andere Optionen offenhalten
wollte. Aber er war von Anfang an fasziniert von ihr, obwohl es
keine Liebe auf den ersten Blick sein konnte, denn als er sie das
erste Mal sah, war das beim Augenarzt und sein Blick durch die
Tropfen leicht verschwommen.

Trotzdem hatte sich gleich mit ihr verabredet und blieb hartnäckig,
auch wenn sie manchmal nach Ausflüchten suchte. Aber als sie
dann um Mitternacht alle gemeinsam das neue Jahr oben auf dem
Dach begrüßten und irgendwoher Musik erklang: *„Einen Stern, der*

deinen Namen trägt", da war er sich ganz sicher. Mit Nicole wollte er für immer zusammenbleiben und ihr Blick, der ihn genauso wie ein Stern anstrahlte, hatte ihm das bestätigt.

Natürlich war das lange her, aber vielleicht war an ihren Vorwürfen doch mehr, als er hören wollte? Bei diesem unbequemen Gedanken wurde er wach.

Hatte er eigentlich genug dafür getan, dass ihr Zusammenleben gut funktionierte, dass es harmonisch war? Hatte er ihre Wünsche immer ernst genommen? Vermutlich nicht. Deshalb müsste er unbedingt etwas tun, es durfte noch nicht zu spät sein.

Dann hatte er die entscheidende Idee: Wenn er die Wohnung so gestalten würde, dass sie begeistert wäre, warum sollte sie dann noch wegwollen? Da fiel ihm ein weiteres Problem ein. Vielleicht weil sie die Platte und seinen Kiez nicht verstand? Aber auch das könnte er ändern, er könnte ihr doch zeigen, wie schön es hier wirklich war. Beruhigt schlief er wieder ein.

Als Nicole am nächsten Morgen erwachte, war ihr erster Gedanke: Herrlich, es ist Wochenende! Sie streckte sich wohlig in ihrem Bett und fühlte sich eigenartig leicht. Sie musste fantastisch geschlafen haben, etwas, das ihr sonst schwer fiel. Sie drehte sich zur Seite und musterte ihren Mann, der noch fest schlummerte. Er schlief wie immer auf der Seite, die Arme um ein Kissen geschlungen und hatte sie noch nie durch Schnarchen gestört. Seine blonden Haare, die sich immer widerspenstig lockten, obwohl er sie ganz kurz trug, wurden an den Schläfen auch schon grau.

Dennoch, für sein Alter sieht er wirklich sehr gut aus, dachte sie, fast liebevoll. Wesentlich besser als andere, die ich kenne und die nur noch ihren Bauch vor sich her schieben. Vielleicht ist es ja ganz gut, dass er so viel Sport macht, möglicherweise sollte ich mich auch mal beteiligen?

Dann musste sie lächeln. Wo kamen denn diese Gedanken plötzlich her? Bisher hatte sie sich erfolgreich vor allen sportlichen Aktivitäten drücken können. Und da sie ohne diese körperlichen Strapazen schlank blieb und mit ein wenig Unterstützung immer noch in eine 38 passte, schien ihr das auch nicht erforderlich.

Aber wer wusste schon wie lange das noch anhielt, außerdem wäre das ja etwas, was sie gemeinsam machen könnten, wenn er das überhaupt noch wollte. Sooft wie sie in letzter Zeit gestritten hatten. Vielleicht hat er auch eine Jüngere gefunden? Oh nein! Nur das nicht!

Als ob ihre Gedanken ihn geweckt hätten, drehte sich Knut zu ihr, öffnete schlaftrunken seine graublauen Augen und begrüßte sie mit einem Satz, den er schon lange nicht mehr gesagt hatte: „Guten Morgen, du Schöne!"

Nicole lächelte erfreut, aber ehe sie etwas sagen konnte, hatte sich ihr Ehemann aufgesetzt, ließ seine Blicke durch den Raum schweifen, um sie dann total zu überraschen. „Wir sollten unbedingt dieses hässliche Schlafzimmer renovieren."

Nicole starrte ihn an, als ob sie fragen wollte: *Wer sind Sie und was haben Sie mit meinem Mann gemacht?* Dann grinste sie und schüttelte den Kopf. „Nein."

Er schaute sie überrascht an. „Aber ich dachte, es gefällt dir nicht."

Jetzt lächelte sie. „Stimmt, aber unser Schlafzimmer ist auf der anderen Seite des Flures zum Innen hof hin. Wir hatten das größere Zimmer als Kinderzimmer eingerichtet, aber jetzt könnten wir es uns zurückerobern und etwas Tolles daraus machen."

„Ich bin dabei. Lass uns beim Frühstück Ideen sammeln, dann kann ich nächste Woche beginnen."

Knut rollte sich aus dem Bett, um ins Bad zu gehen, während Nicole noch wie geschockt auf ihrem Bett saß.

War über Nacht ein Wunder geschehen? Hatte sie irgendjemand mit Sternenstaub gepudert oder war sie in einem Paralleluniversum gelandet?

Egal! Denn alles was sich gerade vor ihren Augen veränderte, gefiel ihr ausgezeichnet, auch der verwandelte Knut und bis jetzt ließ auch nichts, was er sagte, auf eine jüngere Rivalin schließen.

Beruhigt ging sie nach ihrem Mann ins Bad, schaute sich dort aber kritischer als sonst im Spiegel an. Vielleicht sollte sie in Zukunft doch ein wenig mehr auf sich achten. Seit sie die Vierzig erreicht hatte, schien die Zeit schneller zu gehen und ständig neues Unheil in Form von Fältchen und Augenringen bereit zu halten. Aber sie würde nicht kampflos gehen und jeder Anderen klarmachen, dass Knut ihr Ehemann war.

Auch nach dem gemeinsamen Frühstück kam Nicole aus dem Staunen nicht mehr heraus. Ihr Mann fuhr am Nachmittag nicht zum Fußballplatz, sondern blieb bei ihr, deckte ohne Murren den Kaffeetisch und unterhielt sich angeregt mit den Schröders, der Familie aus dem Erdgeschoss, die erst vor kurzen eingezogen waren. Nicole kannte sie schon länger, denn Silvia Schröder hatte vorübergehend in der gleichen Augenarztpraxis gearbeitet wie sie. Die Schröders waren noch dabei, ihre Wohnung einzurichten und zu verschönern und daraus entstanden einige Ideen, die sich Nicole auch für ihr neues Schlafzimmer vorstellen konnte.

Eine farbige Akzentwand fand sie auch schon immer toll, aber dass sie so etwas wirklich bekommen sollte und vermutlich auch noch schnell, machte sie fast sprachlos.

Eigentlich hatte sie befürchtet, dass sich die Renovierung noch ewig hinziehen würde, hörte aber erfreut, wie ihr Mann und Michael Schröder über die beste Gestaltung fachsimpelten und schon mögliche Muster aufzeichneten.

Als sich dann das Gespräch um Gaststätten und Unterhaltungsmöglichkeiten im Kiez drehte, staunte sie wieder darüber, was ihr Knut alles kannte. Wieso wusste sie nichts davon?

Hatte sie vielleicht doch zu wenig Interesse gezeigt oder auch barsch abgelehnt, weil sie lieber woanders wohnen wollte?

Beschämt mischte sie sich wieder ins Gespräch, das sich gerade auf Gärten oder Wochenendgrundstücke richtete.

„Eigentlich möchte ich gar keinen Garten, nicht nur wegen der Arbeit", erklärte Silvia gerade. „Man ist dann so gebunden. Und jetzt wo unsere Kinder aus dem Haus sind, wollen wir wieder mehr reisen. Aber ein Sitzplatz im Grünen, wo man gemeinsam grillen könnte. Das wäre schön."

Nicole nickte noch versonnen, bei Josy gab eine tolle Feuerstelle im Garten, wie in den Einrichtungssendungen im Fernsehen. Das könnte ihr auch für später gefallen, als Knut bereits eine praktikable Lösung vorschlug.

„Ich habe neulich mit unserem Vertreter bei der Genossenschaft gesprochen, er sagt sowas ließe sich machen. Wir brauchten nur einen feuerfesten Platz, der von allen genutzt werden kann, am besten gepflastert, rundherum Büsche und fertig ist die Laube. Das könnten wir vor dem ersten Frost noch schaffen."

Auch als die Schröders sich verabschiedet hatten und wieder in ihrer Wohnung waren, konnte Knut gar nicht aufhören zu planen und zu überlegen und Nicole ließ sich von seinen Ideen mitreißen. Als sie dann noch ihre Malutensilien holte, die schon einige Jahre im Schrank gewartet hatten und eine Farbskizze in Hellgrau mit dunklen Rottönen für das Schlafzimmer anfertigte, umarmte Knut sie begeistert.

Und nicht nur das, schließlich kannte sie ihn lange genug. Dieses

Funkeln in seinen Augen galt nicht nur der Farbauswahl für das Schlafzimmer, ließ sie aber zufrieden grinsen.

Hoffentlich änderte sich daran nicht gleich wieder etwas, deshalb versuchte sie noch mehr auf das einzugehen, wovon er den Schröders erzählt hatte.

„Du hast von einem Dunkelrestaurant geschwärmt, ich habe davon noch nie gehört, wo ist das denn?"

Knut überlegte einen Moment. Früher hätte er auf die Frage nur genervt geantwortet: *Das habe ich schon so oft vorgeschlagen, aber du warst nicht interessiert oder zu müde.*

Aber heute verkniff er sich das und freute sich über ihr Interesse.

„In dem alten Wasserturm am Obersee, da ist auch eine schicke Bar."

Da sie ihn nur fragend anschaute, erklärte er weiter. „Um den Obersee gibt es einen sehr schönen Park, den zeige ich dir am nächsten Wochenende. Dann siehst du auch den alten Turm, der früher für die Wasserversorgung genutzt wurde und jetzt immer noch etwas Besonderes ist. Wir können auch ins Dunkelrestaurant, die „Unsicht-Bar" gehen, denn das kann man nicht beschreiben, das muss man erleben. Lass dich einfach überraschen."

In dieser Nacht schliefen sie zum ersten Mal seit langem wieder miteinander, sprachen aber nicht darüber, sondern nahmen es einfach hin, um das inzwischen bessere, aber noch instabile Verhältnis nicht zu trüben.

Nicole war glücklich damit, so wie es sich gerade anließ und gab sich Mühe, dass es so blieb. Wann hatten sie eigentlich aufgehört, sich kleine Botschaften zu schreiben?

Das gab einem doch ein ganz anderes Gefühl der Verbundenheit, also schob sie ihm einen kleinen Zettel mit einem Liebesgruß in seine Unterlagen und er revanchierte sich umgehend, was ihr jedes Mal ein Lächeln auf die Lippen zauberte.

Es war toll, wie sich jetzt die Beziehung zu Knut anfühlte, ein wenig neu, ein wenig ungewohnt, aber viel besser als vorher.

Allerdings kam ihr manchmal das, was gerade passierte auch sehr sonderbar vor, wie von jemandem gelenkt.

Einmal als sie gerade in der Praxis am Computer recherchierte, blinkten ihr plötzlich einige Zeilen pink unterlegt entgegen, die sie vorher garantiert nicht gesehen hatte:

Das Herz ist wesentlich mehr als eine Pumpe. Es besitzt ein starkes elektromagnetisches Kraftfeld, mit dem es die Herzensenergie anderer Menschen beeinflussen und heilen kann.

Nicht nur der Inhalt machte sie nachdenklich, denn er zeigte ihr vermutlich ihren Anteil an dem früheren Zerwürfnis. Viel wichtiger war doch die Frage: Wie war so etwas in ihren Computer gekommen, den sie nur im Job nutzte?

Oder wenn sie eine Zeitung las, standen da plötzlich Tipps, wie man gelassener, toleranter und liebevoller mit unterschiedlichen Meinungen umgehen oder Beziehungen wieder auffrischen konnte.

Das musste doch etwas zu bedeuten haben!

Diese Gedanken machten ihr eine Zeit lang zu schaffen, aber nicht so sehr, wie zu befürchten war, denn irgendwann betrachtete sie das Ganze aus einem anderen Blickwinkel. Wenn das, was sie mehr oder weniger *zufällig* wahrnahm, bedeuteten sollte, dass sie auf dem richtigen Weg waren, dann würden sie genauso weitermachen. Am Abend als sie den Tisch deckte, fiel ihr die alte CD wieder ein, die seit Urzeiten im Regal liegen musste. Sie fand sie und legte sie ein, als Knut gerade zur Tür hereinkam. „Ihr Lied" war nicht zu überhören. „*Einen Stern, der deinen Namen trägt*".

Ihr Mann lachte erfreut und riss sie fast so temperamentvoll in seine Arme, wie früher. Nachdem er sie zärtlich geküsst hatte, nickte er noch einmal, wie um den Text des Liedes zu bestätigen. „Damals habe ich es gewusst, du bist wirklich die Eine für mich."

Nicole schmiegte sich an ihn und genoss seine Zärtlichkeit, die gerade weit über das übliche Küsschen hinaus ging.

Zwei Tage später klingelte Michael Schröder und beide Männer begannen im zukünftigen Schlafzimmer eine Akzentwand zu zaubern. Nicole hielt sich bewusst zurück, bis sie beim vorsichtigen Spähen durch den Türspalt erkennen konnte, dass es klappte und auch noch in Rekordzeit fertig wurde. Es fiel ihr leicht beide ausreichend für ihre Geschicklichkeit zu loben und mit einem kühlen Bier zu belohnen.

Erst als sie die strahlenden Augen ihres Mannes bemerkte, wurde
ihr bewusst, dass sie so etwas auch schon sehr lange nicht mehr
getan hatte. Es fühlte sich aber für sie ebenfalls gut an, wesentlich
besser als Nörgeln, von dem man nur Falten bekam, wie Oma
Hermine immer warnte.

Als das Schlafzimmer auch noch die richtige Farbkombination in
hellgrau und dunkelrot hatte, kam Nicole aus dem Schwärmen
kaum noch heraus. Am liebsten hatte sie gleich hier übernachtet,
geduldete sich aber bis die Schränke und die Ehebetten aus- und
wieder eingebaut waren, bevor sie Fotos machte und sie Josy
schickte. Sie hätte vor Stolz platzen können, so toll fand sie jetzt
diesen Teil ihrer Wohnung. So könnte es weitergehen, denn für die
anderen Räume hatte sie auch schon aufregende Ideen.

Am Morgen nachdem das neue Schlafzimmer gebührend einge-
weiht war, kuschelte sich Nicole zufrieden an ihren Mann. „Oma
Hermine sagt immer: *In einer guten Beziehung hat keiner die Hosen an...*",
Knut grinste während er die Bettdecke anhob und nach unten sah:
„Stimmt, da hat sie recht!"
„Das meine ich doch nicht." Nicole musste auch lachen. „Ich finde
dass es so wie wir das jetzt machen, ziemlich gut läuft. Und wenn
wir die anderen Zimmer erst umgestaltet haben, wird es noch besser werden."

Wieder kuschelte sie sich an ihn, als ihr plötzlich siedend heiß einfiel: „Aber wenn uns die Kinder besuchen wollen, haben sie jetzt kein Zimmer mehr, was machen wir denn dann?"

„Bleib ruhig", murmelte Knut in ihre Haare, deren Duft ihn gerade auf interessante Ideen brachte. „Erstens gibt es Hotels für solche Zwecke und zweitens kommen die Kids auf keinen Fall zu Weihnachten."

Fast entsetzt richtete sich Nicole auf: „Das wäre das erste Weihnachten ohne unsere Kinder!"

„Stimmt. Daran müssen wir uns gewöhnen."

Knut zog sie wieder in seine Arme. „Dominik hat eine Freundin in Bayern zu der er fährt. Ich schätze, dass wir ihn nächstes Jahr schon dort besuchen müssen. Und Adrian nimmt an einer Expedition teil, bei der es um Umweltschutz in den Alpen geht. Sie haben mir Bescheid gesagt und ich soll es dir schonend beibringen."

Nicole unterdrückte die Tränen nur, weil sie so stolz auf ihre Jungs war. „Aber dann sind wir ja zum Fest ganz allein?"

Knut grinste. „Genauso wie am Anfang, da gab auch nur zwei Verliebte und soweit ich weiß, waren sie ziemlich gerne allein, oder?"

Nicole lachte nur. „Du hast recht, das sind keine schlechten Perspektiven. Aber wollten wir heute nicht noch einiges unternehmen und kennenlernen?"

Knut hatte eigentlich andere Absichten, aber versprochen war versprochen. Als sie am Nachmittag durch den Oberseepark spazierten, kam sich Nicole wieder einmal vor, als sei sie bisher mit Scheuklappen durch ihren Kiez gegangen. Natürlich war dieser Park nicht so groß, wie der Tiergarten oder der Treptower Park, aber an diesem Herbsttag spiegelte sich die Sonne so eindrucksvoll im Wasser des Sees, dass sie nur staunen konnte. Die großen alten Bäume, deren Laub in gelb, rot und grün leuchtete gaben dazu einen eindrucksvollen Rahmen. Auf der linken Seite konnte sie schon das alte urige Bauwerk, den Wasserturm erkennen, für dessen Besichtigung sie sich heute in ihr bestes kleines Schwarzes geworfen hatte.

Zunächst atmete sie erleichtert auf, als sie den Turm betraten und alles hell erleuchtet war. Aber das war nur die Bar, an deren Tresen, sie ihr erstes Glas Sekt auf den aufregenden Abend tranken. Danach gelangten sie durch eine Lichtschleuse, in der ihnen ein latzähnlicher Schutz umgehängt wurde, in einen Raum, in dem absolut nichts zu erkennen war. Nicole war froh, sich an Knut klammern zu können, der das Ganze schon einmal mitgemacht hatte. Als sie endlich an ihren Plätzen saßen, fand sie es schon wieder spannend. Man konnte die Gespräche an den anderen Tischen hören und würde nie wissen, wer dort sprach. Auch Knuts Stimme klang in dieser Abgeschiedenheit irgendwie neu, ein wenig fremd und aufregend.

Er hatte kurz mit dem Kellner gesprochen und erklärte ihr jetzt leise. „Als ich schon einmal hier war, habe ich mich mit dem Messer fast geschnitten. Deshalb habe ich Fingerfood für uns bestellt. Jeder der etwas Tolles findet, darf den Anderen damit füttern. Das wird lustig."

Das fand Nicole auch, obwohl es ihr am Anfang etwas peinlich war, sich gegenseitig etwas in den Mund zu stecken, aber es war ja dunkel! Keiner sah sie, keiner kannte sie und keiner bekam mit, wenn sie sich an ihrem Tisch küssten, wie sie es schon lange nicht getan hatten.

„Ich glaube, man fühlt im Dunkeln auch mehr", flüsterte sie nach einiger Zeit. Knut grinste nur. „Deswegen hat unser neues Schlafzimmer auch einen Schalter, mit dem man das Licht vom Bett aus dimmen kann."

Die nächsten Tage und Wochen schienen Nicole fast wie in einem Rausch zu vergehen. Obwohl das Wetter wirklich immer herbstlicher und schließlich auch nasskalt und neblig wurde, fühlte sie sich wie in einem zweiten Frühling. Ihr Mann schien voller Überraschungen zu stecken und hatte immer neue Ideen, um ihr eine Freude zu machen. Erst als sie gemeinsam zu einem Konzert fuhren erfuhr sie, dass es in ihrem Kiez sogar so etwas wie ein Schloss gab. Natürlich war es nur ein größeres Gutshaus, das früher einem Fabrikanten gehört hatte, aber so wie es ihre Genossenschaft hergerichtet hatte, hätte es auch Prinzen und Prinzessinnen beherbergen können. Nicole saß staunend in ihrem neuen aquamarinblauen Kleid im klassisch gestalteten Konzertsaal und lauschte verzückt Vivaldis „Vier Jahreszeiten", während Knut neben ihr stolz grinste. Sie war ganz gerührt, dass er sich an ihre Lieblingstücke erinnert hatte. Dafür sollte sie sich wirklich revanchieren.

Schon am nächsten Tag begann sie zu strategisch zu überlegen, womit sie Knut eine besondere Freude machen könnte, womit sie ihn wirklich überraschen könnte?
Natürlich fiel ihr zuerst seine Begeisterung für Sport ein, aber das war zu banal. Leider kannte sie auch im Umfeld nichts, was er nicht auch schon gesehen hätte. Vielleicht Bücher? Was las ihr Mann eigentlich? Genau wusste sie auch das nicht. Aber auf so etwas Einfaches wie Kosmetik wollte sie auch nicht zurückgreifen. Sie runzelte unmutig die Stirn, während sie die Waschmaschine vorbereitete.
Gedankenverloren nahm sie seine Steppjacke vom Garderobenhaken, die nach ihrer Meinung unbedingt gewaschen werden musste und begann die Taschen auszuräumen. Sie war so in ihre Überlegungen versunken, dass sie wirklich zweimal hinsehen musste, als sie den Zettel aus seiner Tasche zog und überflog.
 Wieso schlug das Schicksal, das hinterlistige Biest, gerade jetzt zu? Ausgerechnet jetzt, wo sie wieder so glücklich war, wie ganz am Anfang und Pläne hatte, wie es weitergehen sollte, traf sie diese

unerwartete eiskalte Dusche. Auf dem sorgsam gefalteten Zettel
stand: *Marlies, Tanzmaus* und eine Telefonnummer.

Sie kannte niemanden mit diesem Namen und auch in Knuts Büro
bei einem großen Stromversorger war niemand, der so hieß.

Sie betrachtete die Telefonnummer genauer, das war eine private
Telefonnummer. Wer gab ihrem Mann seine private Telefonnummer? Sollte da doch eine jüngere Rivalin sein?

Das erschütterte sie so, dass sie sich erstmal setzen musste. Eigentlich war sie nicht der eifersüchtige Typ, hatte sie zumindest bisher
geglaubt, aber wenn sie dieser unbekannten Frau, dieser Tanzmaus,
einen Riesenpickel auf die Nase hätte hexen können, hätte sie das
mit Vergnügen getan.

Gab es noch andere Hinweise? Sofort begann sie systematisch die
anderen Sachen im Kleiderschrank zu untersuchen, aber da fand
sich nichts. Auch bei den Sachen im Wäschekorb gab es nichts
Verdächtiges, keinen Lippenstift auf dem Hemdkragen, nichts!

Trotzdem musste sie mehr erfahren. Wie machten das die Frauen in
den Romanen, die ihre Männer verdächtigten? Sollte sie ihn heimlich beobachten oder sein Handy durchsuchen? Sollte sie ihn gleich
mit ihrem Wissen konfrontieren?

Auf keinen Fall durfte das weitergehen, diesen Mann wollte sie
behalten und diesen Mann würde sie behalten!

In den nächsten Tagen ließ sie sich nichts anmerken, beobachtete
ihn aber viel genauer, als sie es jemals getan hatte. Sein Handy

fasste sie nicht an, dieser Vertrauensbruch wäre zu groß gewesen. Sie glaubte fest daran, dass sie es mit scharfer Beobachtungsgabe bemerken müsste, sollte tatsächlich etwas sein. Oder würde er sich vielleicht auch verraten?

Schließlich plante sie jetzt jede Menge zusätzliche Termine, bereitete mit ihm die Umgestaltung der anderen Räume vor und legte großen Wert darauf, ihn zu beschäftigen und viel Zeit mit ihm zu verbringen. Sie wäre sogar mit ihm zu einem Fußballspiel gegangen, falls diese Frau auch dort wäre, aber wegen des Wetters fanden keine Spiele im Freien statt.

Knut merkte von alledem nicht, sondern fühlte sich wie auf Wolke sieben. So viel Zeit, wie er jetzt mit Nicole verbrachte, das war genau das, was er sich immer gewünscht hatte. Und trotzdem hatte er immer noch etwas in petto, immer noch ein Ass im Ärmel.

Bei dieser Überraschung würde Nicole staunen, aber es lief völlig anders als geplant.

„Ich bin heute echt über meinen Schatten gesprungen", erzählte er freudestrahlend, als er leicht verschwitzt, nach Hause kam.

Nicole reagierte nicht erwartungsvoll, sondern sah ihn ganz sonderbar an, irgendwie wirkte sie wütend.

„Dann warst du wohl bei ihr? Und hat's Spaß gemacht?"

„Ja, aber woher weißt du…", gelang es ihm noch zu sagen, bevor sie restlos von dem gelben Ungeheuer, der Eifersucht, gepackt wurde und wie eine Furie zu schimpfen begann.

„Und ich dachte, wir hätten einen zweiten Frühling, so aufmerksam wie du warst und dabei hast du was nebenbei zu laufen, wahrscheinlich eine Jüngere. Du bist wirklich das Letzte!"

Knut war geschockt, aber plötzlich verstand er, was vor sich ging und strahlte noch etwas mehr als vorher. „Aber Schätzchen, kann es sein, dass du eifersüchtig bist?"

„Das ist doch lächerlich…, na ja vielleicht doch."

Verzagt wandte Nicole sich ab, drehte sich aber wieder zu ihm, als er ihr einen Flyer in die Hand drückte.

„Ich weiß wie gerne du tanzt, aber ich bin dabei eine Niete und außerdem ist die Disco nicht mehr das Richtige für uns. Deshalb war ich heute bei Marlies, sie gibt Line-Dance-Kurse für Paare und macht auch Partys, zu denen Jüngere und Ältere kommen. Dort können wir noch tanzen, wenn wir Hundert sind. Und ich habe mich heute testen lassen, ich will ja nicht neben dir als Trottel auffallen."

Weiter kam er nicht, da ihn seine Frau wieder stürmisch umarmte und er vergaß, was er eigentlich noch sagen wollte.

Am nächsten Abend, als sie beide etwas aufgeregt zum Kurs eilten, schien es ihm, als wäre immer noch nicht alles ausgeräumt und ihm lag viel daran, dass seine Frau ihm voll vertraute. Deshalb zeigte er auf ein kleines, sehr altes Haus, das man trotz der imposanten Feldsteinmauern leicht übersehen konnte.

„Das ist die Taborkirche, die steht dort vermutlich schon seit dem 13. Jahrhundert und sie hat eine Besonderheit. Man sagt, dass niemand, der sich dort aufhält, eine Lüge über die Lippen bringt. Wir können das gerne überprüfen, wenn du mir immer noch nicht glaubst."

Nicole war ganz gerührt, musterte aber dann das Bauwerk etwas interessierter und grinste. „Das sollte ich mir für die Zukunft merken. Sicher ist sicher! Und jetzt lass uns tanzen."

Und das taten sie, denn Nicole strahlte schon, als sie mit eigenen Augen sah, dass Marlies einen Mann an ihrer Seite hatte, sehr nett war und Line Dance mit Knut wirklich großen Spaß machte.

Als sie sich am nächsten Tag für Knuts Idee, die ihr einen wirklich vergnüglichen Abend mit „Sixteen Step" eingebracht hatte, revanchieren wollte, fielen ihr die Herzkirschen wieder ein.

Sie sollte mal Frau Rosenbaum aus der 5. Etage nach ihrer Bekannten fragen. Vielleicht kannte sie auch die Bezugsquelle der wunderbaren Herzkirschen. Es war ein wenig peinlich, dass sie deswegen zum Klingelbrett im Erdgeschoss gehen musste, weil sie sich bisher kaum für ihre Nachbarn interessiert hatte, aber das würde sie auch noch ändern.

Nachdem sie die Namen zweimal verglichen hatte, schüttelte sie ungläubig den Kopf. Es gab gar keine Frau Rosenbaum, nicht in der 5. Etage und nicht im ganzen Haus. Aber woher waren dann diese einzigartigen Kirschen gekommen? Hatte jemand etwas verwechselt oder war es ein Wunder?

Als sie Knut am Abend davon erzählte, nickte er nur und sah sie zärtlich an. „Ich erinnere mich gut an diese wunderbaren Kirschen, sie hatten so etwas Einzigartiges, etwas ganz Besonderes an sich und eine unerwartet tolle Wirkung auf uns, als hätten sie uns verzaubert.“

Nicole nickte überrascht. „Du hast recht, Herzkirschen im November, das konnte nur ein Wunder sein. Aber vielleicht waren sie ja genau für uns bestimmt?“

-Ende-

Von der Autorin sind im BoD-Verlag bereits erschienen:

- Machen wir es wie Miss Marple -1
  Cosy-Crime-Geschichten
- Machen wir es wie Miss Marple -2
  Cosy-Crime-Geschichten
- Der Sonntags-Krimiclub
  Cosy-Crime-Geschichten
- Sophie und die Krimifrauen vom alten Bahnhof -1-
  Cosy-Crime-Geschichten
- Sophie und die Krimifrauen vom alten Bahnhof -2-
  Cosy-Crime-Geschichten
- Sophie und die Krimifrauen vom alten Bahnhof -3-
  Cosy-Crime-Geschichten
- Die Schlager-Goldies greifen ein
  Cosy-Crime-Geschichten

- Die Weiberwirtschaft
  Frauenpower im Mühlengrund
- Die Silver Girls
  Das Programm gegen Jugendschwund

- Das gibt es doch nicht!

  Unmögliche und fantastische Geschichten 1

- Das ist wirklich das Allerletzte!

  Unmögliche und fantastische Geschichten 2

- Jetzt ist aber Schluss!

  Unmögliche und fantastische Geschichten 3

- Alles auf Anfang!

  Unmögliche und fantastische Geschichten 4

- Der Club der kleinen Millionäre -1-

  Coole Kids und der clevere Umgang mit Geld

- Der Club der kleinen Millionäre -2-

  Von Pfunden, Freundschaft und Hunden

- Der Club der kleinen Millionäre -3-

  Coole Kids und eine rätselhafte Schatzkarte

- Immer wieder aufstehen!

  Kurzgeschichten zum Mut machen

- Klara und die Monster

  Mit Mutpunkten gegen die Angst

- Das Monster im Schrank

  Wenn Kinder Angst haben - Ratgeber